LE RAJA DE L'EAU

« Normalement, les jeunes, ils ne font pas ça ! »
(Maude, 5 ans)

À Laurent, Olivier, Solène, Marie, Blanche et Maude.

FLEURUS

Direction : Guillaume Arnaud
Direction éditoriale : Sarah Malherbe
Direction artistique : Élisabeth Hebert
Édition : Claire Renaud
Fabrication : Thierry Dubus, Anne Floutier
Mise en pages : Text'oh

Site : www.fleuruseditions.com
ISBN : 978-2-2150-4945-6
N° d'édition : 10145
Achevé d'imprimer en septembre 2010 par l'imprimerie Sagim

« Loi n° 49-956 du 16 juillet 1949 sur les publications destinées à la jeunesse »

Les mots signalés par un astérisque (*) sont expliqués dans le lexique en fin d'ouvrage.

Marie-Hélène de Cherisey

LE RAJA DE L'EAU

FLEURUS

Chapitre 1

LE RETOUR À SITAPURA

– Poët, poët ! Poët, poët !

On dit qu'en Inde le Klaxon est le seul accessoire vraiment indispensable pour circuler en voiture. Inutile de freiner ni de signaler ses dépassements. Un petit coup d'avertisseur sonore et tout le monde comprend !

Je m'amuse à compter le score de mon chauffeur : soixante à la minute, soit un par seconde ! Mon véhicule se fraie un chemin au milieu de la circulation disparate. On croise tour à tour des voitures rutilantes, des chameaux ou des vaches sacrées aux cornes peintes de la couleur de leur propriétaire. Quelques camions, déséquilibrés par le poids d'énormes balles de fourrage, ont versé dans le bas-côté. On ne sait plus dire si nous nous trouvons sur une, deux, trois ou quatre voies !

Je viens de quitter Jaipur, la capitale du Rajasthan, où je suis pensionnaire au lycée. Mon nom est Ramjee Lal et je vais bientôt avoir dix-huit ans. Calé sur la banquette arrière d'un taxi, portant l'uniforme réglementaire bleu ciel et kaki de mon école, je savoure comme un enfant le rythme trépidant du voyage qui me ramène à mon village natal de Sitapura. Après un an d'absence, j'ai vraiment hâte de retrouver les miens ! Je suis si impatient d'annoncer à mes parents ma réussite aux examens clôturant mon parcours d'écolier !

Je songe tout bas :

– Mon dernier trajet avant d'entrer à l'université...

Le rétroviseur me renvoie ma nouvelle image, à laquelle j'ai encore du mal à m'habituer. Le grand nez busqué et les épais sourcils noirs qui ont remplacé mes traits enfantins me donnent une certaine sagesse et une autorité naturelles. Mon visage s'est arrondi, reflétant plutôt la bonhomie. Partout où je passe, je me fais des amis sans aucun mal. Mais mes camarades de Sitapura ont ma préférence. Je ne me sens jamais aussi à l'aise qu'au milieu d'eux. J'envie secrètement leur vie simple, régulée par le rythme de la nature. Je redoute parfois de perdre cette joie essentielle en me laissant séduire par les sirènes de la ville. J'y gagnerais sûrement en confort, mais à quel prix ?

La tête appuyée contre la vitre, je me laisse absorber par le spectacle de la route. Soudain, je reconnais le vendeur de boissons ambulant, posté fidèlement au même carrefour depuis des années. Je m'écrie :

– Stop ! Tournez à droite !

Sans prendre la peine de signaler sa manœuvre avec son clignotant, le chauffeur s'exécute, provoquant une cacophonie de Klaxon. Il s'engage sur une piste en terre.

– Prévenez-moi plus tôt la prochaine fois ! grommelle-t-il, furieux.

– Désolé ! Je ne faisais pas attention !

Encore plus agacé par cette réponse, l'homme bougonne :

– J'espère au moins que vous ne vous trompez pas. Je n'ai vu aucune pancarte !

Je tente de le rassurer :

– Ne vous en faites pas ! Je connais le chemin par cœur. C'est trop petit pour être indiqué.

Soulevant des nuages de poussière, nous traversons quelques villages épars. Soudain, je fais arrêter le véhicule. Je descends, avance de quelques pas, me baisse et ramasse une épine longue d'au moins dix centimètres que je montre triomphalement au conducteur.

– Nous l'avons échappé belle ! Un peu plus et nous étions bons pour la crevaison. Faites attention quand vous approchez de ces épineux : ils sont redoutables pour les pneus !

De plus en plus tendu, l'homme demande :

– C'est encore loin ?

– Encore une petite demi-heure... dis-je pour l'encourager.

À l'approche du village, le cœur battant, je guette les premiers troupeaux. Mais les pâturages habituellement verts après la mousson* sont tous calcinés, comme ravagés par un terrible incendie. Je n'en crois pas mes yeux. La végétation desséchée se recroqueville dans un dernier réflexe de survie.

– Alors, c'est ça votre « oasis » ? demande ironiquement le chauffeur en pointant son doigt vers de pauvres constructions en pisé*.

– Oui... c'est bien là, suis-je obligé de reconnaître à contrecœur, exaspéré par le ton narquois de l'homme.

Ne comprend-il pas ma souffrance, l'imbécile ? Ne sait-il pas que mon village et moi, nous ne faisons qu'un ? Que toute l'année j'ai rêvé de ces vacances, pour me retrouver finalement en plein cauchemar ?

Après le petit temple de Shiva*, coiffé d'une coupole qui repose sur quatre élégants piliers, un attroupement nous barre le chemin. Des voix stridentes attirent notre attention. Les injures pleuvent avec violence. Deux jeunes filles se disputent l'accès à la pompe à main qui permet de remonter l'eau du puits. L'une tire sur le voile de mousseline orangé de son adversaire, découvrant ses cheveux noirs. L'autre s'agrippe farouchement au manche de la pompe. Je crois reconnaître une ancienne camarade de classe, Asmita.

– Je suis arrivée la première ! Je ne bougerai pas ! crie-t-elle.

– Menteuse ! Tu t'es mise à courir quand tu m'as vue pour arriver avant moi ! On voit bien que tu n'es qu'une sudra* !

Cette dernière insulte, lancée sur un ton de profond mépris, provoque un brouhaha immédiat dans la foule. Elle se scinde en deux camps, chacun défendant la jeune fille appartenant à sa caste*. Ces réflexes de clans me surprennent à chaque fois que je reviens à Sitapura . Normalement, il n'est plus permis de considérer les Indiens en fonction de la caste dans laquelle ils sont nés. Mais ici, dans un village reculé, où tout le monde se connaît, les coutumes sont plus tenaces que la loi !

– Poët, poët ! s'agace le taxi.

Tout le monde se retourne. Un malaise court dans la foule. Honteux du triste spectacle offert à l'étranger qui m'accompagne, je détourne les yeux pour les fixer droit devant moi. Je commande sèchement au chauffeur :

– Prenez la petite côte sur la gauche !

La voiture atteint un large terre-plein planté d'acacias aux feuilles racornies. Un modeste palais, légèrement décrépi, se dresse avec son mur d'enceinte et ses terrasses crénelées. Le bâtiment ne se distingue des habitations avoisinantes que par sa hauteur. Je descends et règle ma course, sans dire un mot.

Le bruit du moteur s'éloigne enfin. J'empoigne ma valise et poursuis à pied, dans un silence de mort. Même le gazouillis des oiseaux s'est tu. L'espace ombragé devant l'imposante entrée, d'ordinaire si frais, ressemble à une fournaise. Immobile face à la porte verte savamment sculptée, j'hésite un instant avant d'ouvrir, inquiet de ce que je vais découvrir. Au grincement produit par les gonds, une voix familière s'écrie du fond de la cour d'honneur :

– Ramjee, Ramjee ! Mais je n'ai rien entendu... Aucun Klaxon... Comment vas-tu ? As-tu fait bon voyage ? Comme c'est bon de te revoir après tout ce temps. C'est incroyable comme tu as changé ! Tu ressembles à un homme maintenant !

J'hésite à reconnaître la silhouette amaigrie de ma mère habillée d'un caraco* et d'une jupe jaune safran, la tête enveloppée dans un voile brodé de fils d'or, qui s'élance à ma rencontre. Nous nous saluons respectueusement en joignant les mains à la hauteur du front et en inclinant légèrement la tête.

Je réalise que j'ai rompu pour la première fois la tradition du coup de Klaxon annonçant joyeusement mon arrivée. Ce détail me paraît finalement mineur par rapport au trouble que ma mère essaie de dissimuler par un flot inhabituel de paroles. J'ose poser la seule question qui m'obsède depuis mon arrivée :

– Mais que se passe-t-il, maman ?

– Oh ! Ramjee, pas ici ! Viens te rafraîchir, supplie-t-elle, m'entraînant vers la seconde cour. Au milieu, une domestique accroupie lave la vaisselle en fer-blanc avec du sable. Elle me salue en gardant les yeux baissés. Précédé par ma mère, j'entre dans la cuisine, où, dans l'un des angles, à l'abri du vent, brûle un feu de braises. La femme fait rapidement chauffer un thé au lait généreusement sucré et m'en verse une tasse. Assis en tailleur sur une natte posée à même le sol, j'attends anxieusement que ma mère veuille bien parler. Pour rompre le silence qui devient pesant, je demande soudain :

– Où est papa ? espérant que ce dernier puisse apporter une lueur d'espoir dans ce tableau si noir.

Ma mère répond avec lassitude :

– Avec les bêtes, comme toujours, ou à gratter la terre !

Désorienté par ce jugement sans appel, je tente une autre piste.

– Mais que fait le sarpanch* ?

– Le sarpanch ? Tu sais bien qu'il n'a aucun pouvoir ! Nous n'avons reçu aucune aide ! Le gouvernement a juste envoyé des experts de Delhi pour faire un rapport. Ils ont classé Sitapura en zone aride*. Nous voilà bien avancés ! Il ne faut rien attendre de ces gens-là ! Je te le dis, le village est frappé d'une vraie malédiction !

Sans me décourager, je reprends :

– Et que disent les villageois ?

– Chacun essaie de survivre dans son coin. Personne ne respecte plus aucune règle ! Les jeunes en profitent pour voler. Tout devient sujet de dispute : l'eau, le pâturage, la coupe du bois… Les castes s'en mêlent et enveniment les choses : une vraie pagaille ! Les voisins ont mis en vente leur ferme en espérant trouver meilleure fortune à la ville !

– Tu veux dire celle de Ramkaran ?

Ma mère acquiesce, en tournant la tête. Ramkaran est pour moi comme un frère. Nous partageons les mêmes souvenirs. Sa famille vit de l'élevage et il n'a toujours rêvé que d'agrandir le troupeau. Cette nouvelle me laisse abasourdi.

La conversation est interrompue par l'irruption de mon frère et de ma sœur, déjà en vacances. Ils se chamaillent pour me saluer. Malgré leur maigreur, leur insouciance me fait du bien ! Comme je goûte le bonheur de me retrouver en famille !

– As-tu réussi tes examens ? s'enquiert Jabvir, âgé d'une douzaine d'années.

Je peine à reconnaître dans ce grand échalas, torse nu, aux côtes saillantes, le complice de mes jeux d'enfant. Faussement enjoué, je réponds :

– Oui, mais ne me parle plus de travail ! Je suis en vacances !

Ma petite sœur Jeero, adorable avec ses deux nattes noires, me tire par la manche. Elle me demande avec un sourire espiègle :

– As-tu des cadeaux pour nous ?

Je déballe un sac rempli de friandises.

– Moi ! Moi ! s'écrient en même temps les deux enfants.

Ils s'arrachent le paquet à coups de poing et de pied, vociférant l'un contre l'autre. Le sachet se déchire. Les bonbons tombent à terre. Chacun se précipite pour en ramasser le plus possible. Maman, dépassée, tente de les rappeler à l'ordre. En vain ! Je suis consterné.

– Arrêtez immédiatement et rendez-moi tous les bonbons !

Chacun s'exécute. Je rassemble le butin et le partage équitablement. Quand j'ai fini, je les regarde, le cœur serré, avaler goulûment les friandises, jusqu'à la dernière.

– Je vais me reposer.

Je me replie dans ma chambre, blanchie à la chaux. Seul, je peux enfin pleurer sur Sitapura, le village des Lal, dont je suis l'héritier. Oh ! Je sais que les titres de noblesse ne veulent plus rien dire aujourd'hui mais, descendant de la dynastie royale des Rajputs de Jaipur, les habitants me considèrent toujours ici comme leur raja.

Je suis bouleversé. Je n'imaginais pas que la famine pouvait rompre l'unité, jusque dans ma propre famille !

Chapitre 2

UNE ÉTRANGE NUIT

Après un rapide dîner composé de dhal* partagé entre les hommes de la maison, j'essaie de trouver le sommeil. En vain ! Des moustiques ont décidé de me narguer de leur bourdonnement obsédant. Lorsque, enfin, je plonge dans une sorte de torpeur, je fais un rêve des plus étranges.

Mon grand-père, mort quand j'avais dix ans, vient me visiter. Son dhoti* de coton blanc flotte sur son corps décharné. Sa chevelure argentée, légèrement ondulée, dessine comme une auréole autour de son visage brun.

– Ramjee, Ramjee ! m'appelle-t-il d'une voix douce mais insistante.

Incrédule, je réponds :

– Oui, grand-père !

– Comment t'appelles-tu, mon petit-fils ?

– Ramjee Lal, petit-fils du raja de Sitapura !

Surpris, je réalise que j'ai déclamé mes titres de noblesse aussi spontanément que dans mon enfance, même si les privilèges ont été abolis depuis.

– Bien, bien... marmonne-t-il, à moitié satisfait. As-tu oublié la leçon ?

Je fouille dans ma mémoire :

– Quelle leçon, grand-père ?

Désappointée, la silhouette tant aimée se dissipe dans la nuit. Je me retourne nerveusement sur mon matelas. Hébété, je replonge dans un demi-sommeil. Je me revois, enfant de huit ans, en uniforme d'écolier, marchant sur la route principale. Un grand trou s'est creusé au beau milieu du chemin avec les pluies torrentielles de la mousson. Des charrettes prises au piège ont failli renverser sur la route cargaisons et passagers. Pris d'une inspiration soudaine, je pose mon cartable et cherche quelques pierres sur le bas-côté pour combler le trou. Une à une, je les dispose et les couvre de sable, jusqu'à ce que la chaussée retrouve son niveau initial. Satisfait, je reprends mes affaires et rentre à la maison, avec une bonne demi-heure de retard.

L'appel pressant de mon grand-père se superpose à mon souvenir. Ne comprenant pas son allusion, je répète éperdument :

– Quelle leçon ?

La question reste en suspens tandis que je replonge dans un nouveau rêve. Je me trouve à présent dans les faubourgs de la grande ville de Jaipur. Je croise des dizaines de familles, parties de leur village dans l'espoir d'un avenir meilleur. Sans travail, elles errent sur les trottoirs, tels des fantômes, à la recherche d'un peu de nourriture. Une horde d'enfants accourt vers moi, en guenilles, les cheveux emmêlés. Le plus jeune se met à genoux pour me baiser les pieds, me suppliant de lui donner quelque chose à manger.

Cette image, si violente, me réveille tout à fait.

– Si tu peux faire quelque chose d'utile pour les autres, fais-le tout de suite !

D'un coup, la leçon de grand-père a ressurgi de l'oubli, nette, précise, comme un appel à faire quelque chose ! Mais, prince déchu qui n'a même pas dix-huit ans, comment puis-je seulement imaginer lutter contre un ennemi si redoutable : le désert ?

Chapitre 3

LE GESTE DU PARIA

En me réveillant ce matin-là, je sais ce que je dois faire. Une fois avalé mon porridge, héritage de la colonisation britannique, j'enfile des habits de travail en toile grossière.

Je me dirige furtivement vers les dépendances qui délimitent la cour extérieure du palais. J'emprunte quelques outils dans la remise : une pioche, une bêche, une pelle et un seau. Je vérifie qu'aucun membre de la famille ne soit en vue et je file, mon attirail calé sur l'épaule, vers l'ancien réservoir où se trouve le puits du village.

Quand il était encore raja, mon grand-père avait fait creuser une centaine de puits et cet énorme bassin, pour prévenir les années de sécheresse. Il lui avait donné le nom évocateur d'Ann Sagar, « océan de grains ».

À peine me suis-je éloigné que j'entends des pas qui se hâtent derrière moi. Je me retourne et découvre Jabvir, visiblement très intrigué.

– C'est quoi, ton jeu ? demande-t-il innocemment.

Je continue à avancer.

– Mais tu vas où, habillé comme ça ? poursuit-il avec insistance. Dis, je peux venir avec toi ?

Je suis contrarié. J'ai pris mille précautions pour sortir inaperçu. Peine perdue !

– Désolé, Jabvir... Ce n'est pas un jeu. J'ai passé l'âge, tu sais !

Je m'arrête et regarde mon frère, attendri de sentir chez lui un si grand désir de m'accompagner. J'ai envie de lui faire plaisir, seulement, comment lui expliquer... l'inexplicable ?

– C'est bon ! finis-je par dire, sans donner plus d'éclaircissements. Viens si tu veux... Après tout, tu verras bien !

Jabvir ne se le fait pas répéter deux fois. Il m'emboîte le pas, impatient de découvrir le but de l'expédition.

Quelle n'est pas sa déception quand il me voit descendre dans le bassin entièrement asséché, de la taille d'un terrain de football, creusé sur environ deux mètres de profondeur, et me mettre à piocher !

– Que fais-tu ? me demande-t-il en s'approchant.

Agacé, je ne peux m'empêcher de répondre ironiquement.

– Tu ne vois pas ? Je creuse !

– Mais pourquoi ?

– Je répare le réservoir. Regarde, plus personne ne l'entretient, les bords sont effondrés en plusieurs endroits. Alors, je répare !

Asmita, la jeune fille que j'ai surprise hier en pleine dispute, actionne la pompe du puits en se balançant gracieusement à l'extrémité du levier. Elle nous observe à la dérobée. Elle peine, ne recueillant chaque fois qu'un mince filet d'eau. Jabvir reprend :

– Mais tu sais bien que ce n'est pas à toi de faire ça !

Oui, je le sais pertinemment. Les travaux de terrassement sont réservés aux sans caste, ceux qu'on appelle les « intouchables ». Je m'étais même révolté contre cette injustice auprès de mon grand-père que je considérais comme un sage. Patiemment, il avait essayé de m'expliquer.

– Il faut que tu comprennes, Ramjee, que pour vivre ensemble, les hommes ont besoin d'une organisation. Un de nos textes sacrés dit que le monde, représenté par un homme, a été offert aux dieux et démembré en quatre parties : sa bouche devint le brahmane, la caste des prêtres ses bras, celle des guerriers à laquelle nous appartenons ses cuisses, et de ses pieds naquirent tous les serviteurs. Ainsi, chacun sait, dès sa naissance, à quel groupe il appartient, préservant le bon ordre de la société.

– Mais alors, pourquoi y a-t-il les « sans-caste » ? On les a oubliés ?

Grand-père, embarrassé, n'avait pas répondu tout de suite.

– C'est toi qui oublies qu'on peut renaître dans une caste supérieure, avec une vie meilleure si on accomplit bien son devoir et qu'on respecte l'ordre du monde.

En piochant dans le sol craquelé, je m'abaisse donc au rang des parias et désorganise cet ordre. Mon frère a des raisons d'être dérouté !

La jeune fille, en rapportant son seau plein, jette encore par-dessus son épaule de rapides coups d'œil sur mon travail.

Bientôt, un groupe de garçons accourt, telle une volée de moineaux, pour vérifier ses commérages. D'abords perplexes de voir qu'elle a dit vrai, ils commencent à se pousser du coude et à se moquer :

– Eh bien, monsieur le raja, c'est à Jaipur qu'on apprend à manier la pioche !

Nous sommes les seuls du village à pouvoir poursuivre nos études à la ville et cela nous attire des jalousies. Jabvir, ulcéré, me glisse tout bas :

– Je t'en supplie, Ramjee, arrête tout de suite, tu vas ridiculiser toute la famille !

Je garde le silence et poursuis, imperturbable. Je sais ce que je fais, aussi absurde que cela puisse paraître ! C'est même une volonté impérieuse qui vient du plus profond de mon être, une sorte d'instinct de survie. Voyant qu'il ne réussira pas à me faire changer d'idée, Jabvir retourne à la maison, en prenant soin d'éviter l'attroupement.

Tandis qu'il s'éloigne, je pioche inlassablement, tout ruisselant de sueur. Je m'interromps par moments pour remplir le seau avec la terre que j'ai récoltée et la déverser pour combler l'une des multiples brèches du réservoir.

L'attroupement a encore grossi. Les quolibets vont bon train maintenant. Sudhirendar, un grand échalas connu pour ne pas avoir la langue dans sa poche, feint la compassion :

– Courage, Ramjee ! Dans dix ans, tu auras peut-être fini !

– Tu fais concurrence au travail des fourmis ! ajoute Rajiv, son inséparable compère.

– Fichez-lui la paix ! les interpelle de loin un jeune garçon à l'épaisse chevelure noire, vêtu d'un pantalon et d'une tunique très légers en khadi blanc. Il mène une vache aux cornes impressionnantes devant lui, taquinant ses flancs osseux de sa badine.

Je scrute plus attentivement les traits du vacher qui s'approche. J'ai peine à reconnaître mon ancien camarade de classe.

– Ramkaran ! Comme tu as l'air sérieux avec ta moustache !

– Salut, Ramjee ! s'exclame-t-il. Puis, réalisant ce que je suis en train de faire, tout son enjouement le quitte d'un coup. Gêné, ne sachant que dire, il s'excuse :

– Bon ! Je dois y aller ! Mademoiselle est pressée, comme tu vois ! dit-il en désignant l'animal du coin de l'œil. À bientôt, Ramjee !

J'aurais aimé lui expliquer mais, comme pour Jabvir, je ne trouve pas les mots. Au moins a-t-il fait taire les plus virulents des spectateurs.

Une heure plus tard, après avoir longuement réfléchi, je rassemble mes outils et me tourne soudain vers « mon public », créant un effet de surprise.

– Pourquoi croyez-vous que je fasse cela ?

Je promène lentement mon regard sur eux avant de reprendre :

– Pourquoi devrions-nous donner un bien qui nous appartient ? Vous parlez tous de vendre vos fermes et vos troupeaux...

Des murmures de protestation s'élèvent. Je les fais taire, d'un signe de la main.

– Je sais, il n'y a presque plus d'eau, mais avez-vous seulement réagi ? Avez-vous réparé le réservoir et les puits ? Il n'y a que l'eau qui puisse ramener la joie dans notre village ! Allez-vous me laisser creuser tout seul, moi, petit-fils de raja ?

Personne ne dit mot. Je me fraie un passage, laissant ma question résonner dans les cœurs, sans savoir si j'ai pu les toucher. J'ai volontairement joué mon seul atout, celui de ma naissance. Si mon titre de raja peut faire sauter les clivages, si l'exemple que je viens de donner peut frapper les esprits et les sortir de l'apathie, alors, j'aurais gagné !

Mais une nouvelle épreuve de force m'attend chez moi.

Lorsque j'arrive devant la cuisine pour le repas, toute la famille est déjà assise sur les tapis, les hommes d'un côté, les femmes de l'autre. Les lampes à pétrole, posées à même le sol, éclairent les plats de dahl, de viande et de riz.

Ma mère fait le service en répartissant de son mieux les parts entre tous les convives, tandis que mes sœurs distribuent à chacun un chapati* doré par le feu qui brûle toujours dans le même coin.

Mon père, comme à l'ordinaire, se tient à l'écart, coiffé de son éternel bonnet de nuit. Pourquoi est-il toujours ainsi, à part ? Cela fait partie des secrets de famille, réservés aux grandes personnes. Mais en rassemblant des bribes de conversation, j'ai cru comprendre qu'il ne s'était pas senti à la hauteur des attentes de mon grand-père et qu'il s'était progressivement retranché du cercle familial. Ce soir, je ne sais pas pourquoi, je souffre davantage de le voir ainsi relégué. Sous des dehors un peu rustres se cache en réalité un homme simple et bon.

Tendu, je pénètre dans l'arène de la cuisine et aussitôt, les voix se taisent. Il ne faut pas être grand devin pour imaginer la conversation qui a précédé. Affamé par l'effort de l'après-midi, je prends mon assiette et vais manger auprès de mon père, mastiquant avec application les morceaux de viande de chèvre préparés par les femmes. N'y tenant plus, ma mère brise le silence :

– Ramjee, nous comprenons ton geste… Ton grand-père aurait été fier de toi. Mais tu ne réalises pas bien, je pense, la gravité de la situation…

Comme je ne bronche pas, elle poursuit :

– Veux-tu détruire le dharma* ? Les dieux sont déjà fâchés contre nous. Ils ne veulent plus nous donner l'eau, notre richesse. Il faut accepter ce revers de fortune, sinon nous allons les irriter davantage.

J'en étais sûr ! Ma famille attend que je me résigne, comme elle, à brûler des bâtons d'encens pour implorer la clémence des dieux. Je prends sur moi pour répondre aussi calmement que possible.

– Mais, maman, je ne cherche nullement à irriter les dieux !

– Alors que cherches-tu ? À donner une leçon au sarpanch ? À déshonorer la famille ? lance-t-elle avec véhémence.

Je sais que ma mère est une maîtresse femme, capable de faire la pluie et le beau temps sur la vie du palais. Jamais je ne l'ai vue en proie à une telle colère. Sa parole, je l'ai compris, reflète l'avis du groupe entier. Je me dois donc d'imposer mon point de vue à tous :

– Ne suis-je pas l'aîné de la famille ? Les Lal ont veillé pendant des années sur le sort de Sitapura et nous ne ferions rien pour sauver le village de nos ancêtres ? Je ne peux pas l'accepter !

Du haut de mes dix-sept ans, l'invocation de mon droit d'aînesse est osée, mais la fermeté de mes propos rassure l'assistance. Ma mère comprend qu'une raison supérieure me pousse à agir. Elle pose sa main sur mon épaule en signe de paix.

Chapitre 4

L'EXEMPLE

« Durer, il faut durer ! »

Armé de mes outils, je serre les dents en reprenant seul, de bon matin, le chemin du bassin. Jabvir, prudent, a préféré rester au palais. Malgré l'attachement qu'il me porte, il craint par-dessus tout le regard de ses amis.

– Ne t'en fais pas ! l'ai-je tranquillisé d'une tape sur l'épaule. Je comprends.

Même si j'essaie de n'en rien laisser paraître, sa défection m'affecte. En marchant, je sens toute la fatigue des efforts physiques de la veille. Mes épaules sont douloureuses, mes mains abîmées, avec deux grosses ampoules aux pouces. En les découvrant, je ne peux m'empêcher de me moquer de moi :

– Eh bien, on dirait que le raja n'est pas très aguerri au travail manuel !

Ce constat entame mon moral, déjà bas.

Au réservoir, ce ne sont plus seulement quelques garnements qui sont rassemblés, comme au spectacle, pour me voir creuser, mais tous les enfants de Sitapura ! Pour tenir bon, j'ai décidé de rester sourd à leurs plaisanteries.

Je m'y mets. Mais à midi, quand le soleil est au zénith, ma tête, pourtant protégée par un turban, se met brutalement à vibrer. De grands haut-le-cœur traversent tout mon corps, secoué de spasmes. De peur de m'écrouler devant tous, je m'assois. Je doute :

« Qu'espères-tu ? »

J'ausculte mon âme tel un médecin qui cherche le mal pour mieux le combattre. Ce que j'espère ? Que tous les villageois comprennent que leur destin est entre leurs mains. Que les dieux ne peuvent agir sans notre volonté à tous. Qu'ensemble nous pouvons réussir et remettre en état le réservoir abandonné. Gandhi* n'a-t-il pas chassé les Britanniques en proposant aux Indiens de s'unir pour défier leur toute-puissance par la force de la non-violence ?

Perdu dans mon monologue intérieur, sous le soleil implacable, je vois alors la même Asmita, qui a ameuté les curieux hier, s'approcher de moi pour m'offrir un verre d'eau. Je crois d'abord à un mirage, mais sa voix chaude et grave me rappelle à la réalité.

– Tiens ! dit-elle avec autorité.

Je bois d'un trait. Elle repart comme elle est venue, digne et altière, en portant sa cruche sur la tête. Ce geste me réconforte plus que je ne saurais le dire. Je reprends mes coups de pioche comme si elle m'avait dit : « Continue ! »

C'est la première personne qui ose me soutenir. Une femme, je pense songeur, en me rappelant toutes ces femmes qui ont accompagné le Mahatma* dans son combat pour la liberté.

Quand je rentre le soir à la maison, en piteux état, personne ne fait allusion à mon entreprise. Mon père, au moment du dîner, lève les yeux et m'examine un instant. Puis, pensif, il replonge sa main dans le plat de riz, sans rien dire, en dodelinant de la tête. Je me sens incroyablement seul au milieu de ma famille réunie. J'aurais espéré un encouragement, un soutien de mes parents ou même d'un oncle, d'un cousin. Mais rien ! Je suppose que je dois déjà m'estimer heureux de leur silence.

Le troisième jour se lève avec son soleil impitoyable. J'ai peur de craquer. Aurai-je encore le cran de tenir tête aux impertinents et aux moqueurs ? Vais-je de nouveau me trouver seul à piocher ou mon exemple aura-t-il fait réagir les habitants ? De toute façon, je n'ai pas le choix : je suis allé trop loin pour pouvoir m'arrêter ! Rassemblant tout mon courage, je sors du palais. Chaque pas me coûte.

Mais une incroyable surprise m'attend. Au milieu des badauds qui se pressent autour du bassin, je reconnais monsieur Gujjar, l'ancien chef des gajdharis, accompagné de deux acolytes en plein travail, à l'emplacement où j'ai commencé à creuser la veille.

Les gajdharis sont les anciens ingénieurs traditionnels de l'eau, amis de mon défunt grand-père. Oh ! Rien à voir avec les ingénieurs modernes qui construisent les barrages, les routes et les avions ! Mon aïeul était néanmoins fier de m'expliquer leur science héritée de siècles d'expérience de survie en pays aride.

– C'est grâce à eux, Ramjee, que le Rajasthan est devenu le pays des Mille et Une Nuits ! s'émerveillait-il. Par la simple observation de la nature, ils ont appris à apprivoiser l'eau de notre région, si précieuse et si rare.

En me rappelant ces paroles, je les dévisage lentement avec leurs fières moustaches, leurs turbans multicolores, leurs boucles d'oreilles.

– Nous sommes venus vous aider ! s'écrie monsieur Gujjar qui a laissé sa canne pour bêcher et semble avoir rajeuni de dix ans.

Il me fait penser à un aigle avec ses yeux perçants et son visage émacié. En un éclair, je réalise tout le poids signifié par son soutien ; une bouffée de gratitude et de joie pleine et tranquille monte en moi, comme une nouvelle sève.

– Merci !

Je ne trouve que ce simple mot pour exprimer toute ma reconnaissance.

– Sarkar* ! J'ai entendu votre appel l'autre soir. J'en ai parlé à mes amis. J'ai honte parce que c'est nous les gajdharis qui aurions dû montrer l'exemple. Pas notre raja de dix-sept ans !

– Bah ! Laissons cela, monsieur Gujjar ! dis-je en balayant ses excuses d'un revers de main. Nous avons mieux à faire !

– Alors, sarkar, si j'ai bien compris, vous voulez combler les brèches d'Ann Sagar ?

Je réponds modestement :

– Vous savez, je n'y connais pas grand-chose. Seulement ce que m'a confié mon grand-père. Je pare au plus urgent. Mais je ne suis pas sûr que le réservoir d'Ann Sagar soit encore efficace. Ne vaudrait-il pas mieux creuser ailleurs ?

Ce doute me poursuit insidieusement depuis le début et je veux en avoir le cœur net, une bonne fois pour toutes.

– Non, sarkar ! C'est bien ici qu'il faut creuser ! affirme le vieil homme avec conviction. L'emplacement n'a pas été choisi au hasard, vous savez ! C'est la nature qui nous a guidés. Si vous observez le ruissellement des pluies à la mousson, elles finissent toujours par se rassembler dans des cuvettes naturelles qui s'accentuent à chaque pluie. Vous pouvez être sûr qu'en cet endroit précis, la terre réunit tous les éléments favorables pour former une nappe d'eau souterraine.

– Donc, si nous colmatons les brèches, nous aurons de nouveau de l'eau en quantité suffisante à la prochaine mousson ?

– Que les dieux vous entendent ! acquiesce monsieur Gujjar. En attendant, voyons comment répartir les tâches ! Je propose que les plus vaillants piochent : sarkar et monsieur Nand Lal. Nous nous chargeons de porter la terre avec monsieur Arshad.

Mes nouveaux compagnons de travail sont âgés d'une cinquantaine d'années : monsieur Arshad, un homme maigre et sec, aux lunettes énormes lui mangeant la moitié du visage, et monsieur Nand Lal, plutôt râblé, tout en muscles.

Notre petite équipe s'affaire, sachant que notre effort ne représente qu'une goutte d'eau dans l'océan d'Ann Sagar ! Les curieux, quant à eux, observent. Les moqueries se font plus rares et se changent en longues conversations d'un bout à l'autre du village.

*
**

Au fil des heures, le réservoir se remplit de nouvelles recrues, chacune étant saluée par les acclamations des terrassiers. D'autres gajdharis viennent nous aider. Puis arrive Ramkaran, accompagné d'anciens camarades de classe. Je le salue par une bourrade amicale. Nous ne nous sommes pas adressé la parole depuis qu'il a tenté de prendre ma défense.

– Ramkaran ! lui dis-je. Je croyais que tu étais fâché contre moi !

– Tu sais bien que non ! C'est plutôt mon père qui va être furieux que je vienne t'aider... Tu as sûrement appris qu'il veut vendre la ferme. Mais, avant de prendre la décision de partir, je veux être sûr d'avoir tout essayé.

Avec un immense soulagement, je retrouve l'air résolu de mon ami d'enfance. Pratique, il demande :

– Alors, que veux-tu que nous fassions ? Nous sommes à tes ordres.

– À la pioche, à la pioche ! réclament les autres volontaires, trop heureux de récupérer des bras jeunes et vigoureux.

Plus tard dans la journée, les ouvriers voient arriver avec stupeur trois jeunes filles. Parmi elles, je reconnais Asmita. Elle prend la parole au nom du trio :

– Bonjour ! J'ai fini mon travail. Je voulais savoir si nous pouvions vous donner un coup de main avec mes amies ?

Les hommes, jeunes et moins jeunes, me fixent pour voir comment je vais réagir. Maladroit, ne sachant quoi répondre en considérant la frêle silhouette d'Asmita, je demande :

– Mais pourquoi ?

– Pourquoi, sarkar ? reprend-elle sur un ton désarmant. Mais parce qu'on ne peut pas vivre sans eau !

Devant tant de bon sens, mes objections sont balayées.

– Eh bien, qu'en dites-vous ? dis-je en me tournant vers les hommes.

– Qu'elles viennent ! approuve Ramkaran. Nous ne serons jamais trop nombreux !

Monsieur Gujjar se montre plus réticent :

– Que vont encore dire les gens si notre sarkar travaille avec les sudras ?

Il n'y a nulle méchanceté dans sa question. Seulement une remarque sage quand on connaît la réputation de Sitapura pour ses violents conflits entre castes. Je sens que je dois trancher. Il me revient en mémoire un vieux dicton de mon grand-père :

– « Quand un village est en feu, tout le monde vient l'éteindre ! » N'est-ce pas ?

Monsieur Gujjar se laisse convaincre par cette image saisissante et accepte d'embaucher les jeunes filles, leur tendant quelques outils.

*
**

À la fin d'une semaine de labeur, je compte une dizaine de volontaires réguliers. C'est beaucoup et peu à la fois. Nous travaillons dans la joie et la bonne humeur. Comme si mon humble coup de pioche avait rouvert le champ des possibles.

Chapitre 5

LE PREMIER CONSEIL

Je repense souvent à l'injure lancée par Sudhirendar :

– Tu fais concurrence au travail des fourmis !

Il ne croyait pas si bien dire : depuis dix jours, Ann Sagar ressemble à une vraie fourmilière et lui-même a fini par se joindre à nous ! Les villageois, un à un, viennent nous prêter main forte. L'un pour piocher, pelleter, l'autre pour remplir et vider les seaux de terre, consolider les talus du bassin. Même les enfants, qui m'ont si copieusement insulté, redoublent de zèle pour se faire pardonner.

Je devrais me réjouir mais, depuis plusieurs nuits, j'ai peur : il nous reste peu de temps jusqu'à la prochaine mousson. Dix mois pour tant de terre à charrier, c'est pratiquement impossible ! Comment organiser le travail de manière à être sûrs d'être prêts ? Ne suis-je pas en train d'entraîner tout le monde dans une impasse ?

Au matin du douzième jour, comme pour confirmer mes craintes, Jabvir vient me voir discrètement dans ma chambre :

– Ramjee, je voulais te dire quelque chose…

– Vas-y ! Je t'écoute ! dis-je, légèrement agacé qu'il ne soit toujours pas venu m'aider.

– J'ai appris que le sarpanch et ses amis tentent de décourager les gens en disant que votre travail ne sert à rien.

J'essaie de ne rien laisser paraître de mon trouble et je réponds aussi calmement que possible :

– Tu sais bien qu'il ne faut jamais écouter les langues de serpent. Ne t'en fais pas pour nous !

Et sans plus attendre, je quitte la pièce, bousculant mon frère, un peu désemparé, au passage.

Toute la journée, je ressasse ses paroles, de mauvaise humeur. Il faut que j'en parle à des personnes sûres. J'attends la fin de la journée et propose aux gajdharis, un peu hésitant :

– J'aimerais que nous discutions dans un endroit plus tranquille. Pouvez-vous venir ce soir sur la place du palais ?

– Bien sûr, sarkar ! s'empresse de répondre monsieur Gujjar, comme s'il n'espérait que cela.

*
**

À l'ombre des acacias, juste avant le crépuscule, nous formons un cercle et nous asseyons en tailleur dans le sable. Il me revient en mémoire l'image de mon grand-père entouré de ses conseillers, au même emplacement. Ce soir, par une accélération du temps, les mêmes dix conseillers, un peu plus ridés, attendent que je prenne la parole. Intimidé, je juge sage de commencer très modestement, en valorisant leur savoir-faire.

– Je sais combien mon grand-père vous tenait en son estime. Je me rappelle le Sitapura de mon enfance : une oasis de verdure dans le désert. Je voudrais comprendre comment nous en sommes arrivés là. Comment faisiez-vous autrefois pour préserver l'eau ? Qu'est-ce qui a changé ?

Après un silence, tout le monde se met à parler dans une belle cacophonie. Je comprends que c'est à moi d'imposer l'ordre, comme le faisait mon grand-père. Je commence par donner la parole au chef, afin de ménager les susceptibilités.

– C'est depuis l'indépendance de l'Inde en 1947 que tout s'est désorganisé ! Le nouveau gouvernement a voulu centraliser toutes les décisions dans la capitale pour mieux contrôler le pays, mais c'est une aberration !

– C'est vrai, renchérit son voisin sans me laisser le temps de l'interroger. C'est devenu la foire d'empoigne pour les pâturages depuis qu'ils ont nommé le délégué du gouvernement pour surveiller nos affaires. Il n'y connaît rien ! Du coup, il n'y a plus de règles. Tout le monde amène son bétail sur la moindre touffe d'herbe et les prés n'ont plus le temps de se renouveler.

– Pareil pour les réservoirs d'eau ! ajoute monsieur Arshad. Plus personne ne les entretient. Cela prend trop de temps, paraît-il ! Chacun vient pomper l'eau des puits, mais qui se soucie de son renouvellement ? Pire que cela, pendant la dernière mousson, l'eau a dévasté tout le sol et emporté la bonne terre parce qu'elle n'était pas drainée dans les canaux !

Il n'y a qu'à regarder cette croûte toute craquelée. Comment une pousse d'herbe pourrait soulever cette carapace ?

Je ne suis pas particulièrement brillant à l'école, mais la nature m'a doté de certains atouts, à commencer par mes oreilles ! J'écoute, pavillons grand ouverts, rassemblant de-ci, de-là les morceaux du puzzle. J'ose enfin parler, peu sûr de l'écho que vont trouver mes paroles :

– Essayons d'être constructifs. Si j'ai bien compris, vous voulez dire que, en réinstaurant les règles d'entretien des réservoirs et le roulement sur les pâturages, nous pouvons rétablir l'équilibre rompu depuis l'indépendance ?

Plus préoccupés de trouver un bouc émissaire à tous leurs malheurs, mes interlocuteurs n'ont pas considéré le problème sous cet angle. Après réflexion, le chef conclut :

– Oui ! À condition d'organiser le travail, comme le faisait votre grand-père.

– Il faudrait rétablir le shram daan ! appuie monsieur Nand Lal.

Comment aurais-je pu oublier ce mot ! Il fallait entendre mon aïeul s'enthousiasmer quand il évoquait ce souvenir :

« Tout le village participait à tour de rôle aux travaux collectifs, Ramjee. Volontairement, ils venaient s'inscrire sur le registre que je tenais scrupuleusement. On s'arrangeait entre voisins pour s'occuper des bêtes ou des champs et se libérer pour le shram daan. Ah, c'était toute une ambiance ! » terminait-il à regret, conscient que ce temps-là était révolu.

Souriant à l'évocation de ce souvenir, j'approuve chaudement :

– Je crois que vous avez raison. Jusqu'ici, nous avons réussi à mobiliser les plus motivés et dynamiques, mais cela reste insuffisant. J'ai calculé qu'il faudrait une soixantaine de volontaires par jour si nous voulons avoir fini avant la mousson. Nous ne devons pas perdre de temps car j'ai entendu dire que le sarpanch essayait de saper le moral de nos troupes.

– Vous êtes au courant ? me demande monsieur Gujjar, surpris. Nous n'osions pas vous le dire, de peur de vous décourager, avoue-t-il embarrassé. Si vous voulez mon conseil, il faut les prendre de court et réagir vite. Parlez aux villageois comme vous l'avez fait l'autre soir : vous savez trouver les bons mots. Nous nous chargeons de les faire venir. Dites-nous seulement où et quand nous devons les convoquer !

Sans hésiter, je réponds :

– Rassemblez-les demain soir à Ann Sagar. Ce sera le plus parlant. Ils verront tout de suite le travail qu'il reste à accomplir.

Notre petite assemblée se disperse sur cette résolution, bien décidée à faire front face à l'attaque sournoise du sarpanch.

*
**

Le lendemain, je suis ému de voir que ma famille a répondu à l'invitation. J'aperçois aussi avec gratitude mon ami Ramkaran, venu encore une fois avec du renfort. Devant toutes ces têtes enturbannées ou voilées, j'abandonne les belles phrases préparées dans l'après-midi. Je sens que je dois d'abord toucher les cœurs pour gagner la confiance des habitants.

– Vous pensez peut-être vous en sortir en vendant vos terres et en partant pour la ville ? Mais j'en reviens justement, de la ville, et j'y ai vu des familles entières vivant dans les rues, dormant sur les trottoirs, mendiant leur nourriture avec leurs enfants, parce qu'ils ne trouvent pas de travail ! Voulez-vous perdre vos dernières économies et votre dignité ou croyez-vous trouver meilleure fortune qu'eux ?

Nous sommes des paysans et fiers de l'être ! Nos meilleures chances de survie sont ici, sur la terre de nos ancêtres. Cette terre, ils ont appris à la connaître et à la respecter. Mais nous avons perdu cette connaissance et ce respect et avec, nous avons perdu l'eau, notre bien le plus précieux. Mais nous pouvons le reconquérir !

Les anciens sont toujours parmi nous. Ils peuvent nous réapprendre ces gestes qui leur permettaient de vivre autrefois. Aurons-nous la sagesse de les écouter, de nous réapproprier cette connaissance oubliée et de l'enrichir ? Cela dépend de chacun de nous !

Voyez les trous que nous avons commencé à reboucher. Nous sommes loin d'avoir fini ! Si nous ne voulons pas manquer une nouvelle fois la mousson, nous devons tous nous y mettre. Nous pouvons le faire ! Nos anciens l'ont fait dans le passé : ils peuvent témoigner !

Je me tourne à ce moment vers les gajdharis. Monsieur Gujjar, fier de se sentir enfin écouté, lève sa canne en criant :

– Rétablissons le shram daan ! Chacun à tour de rôle donnera une journée de travail pour sauver Sitapura. Oui ! Nous pouvons le faire !

Je reprends la balle au bond :

– Qui est prêt concrètement à nous soutenir ?

Une forêt de bras se lève.

– Acceptez-vous de vous engager jusqu'à la prochaine mousson ?

J'insiste volontairement, pressentant que je dois être très clair sur l'engagement demandé et battre le fer pendant qu'il est chaud.

– Oui ! s'écrie la foule.

Le « oui » enthousiaste de Jabvir s'élève plus haut que les autres. Je souris.

Avec quelques anciens camarades de classe, nous nous installons sur le bord du bassin pour noter les inscriptions dans les registres, comme cela se pratiquait du temps de mon grand-père.

Lorsque je referme le livre rempli de noms, je peux enfin savourer ma joie. D'un coup, toute la tension accumulée depuis mon retour de Jaipur se relâche. Quelles vacances ! Le choc de mon arrivée, les premiers jours à creuser seul dans Ann Sagar, le soutien des gajdharis et, maintenant, celui de la population. Tous ces événements défilent dans ma tête. Où cette entreprise incroyable va-t-elle me mener ?

Chapitre 6

L'HEURE DES CHOIX

Deux mois ont passé.

Au lever du jour, en franchissant le seuil de la lourde porte du palais accompagné de Jabvir, j'aperçois Asmita, absorbée dans la réalisation d'un rangoli* en forme de fleur de lotus.

Je la complimente au passage.

– C'est joli ! J'espère que c'est un bon présage…

– Le lotus est l'ami de l'eau, commente Asmita en poursuivant son dessin, et l'eau va revenir !

– Comment peux-tu en être si sûre ?

– Parce que les travaux d'Ann Sagar avancent bien, n'est-ce pas ? dit-elle comme pour quêter mon approbation. N'avez-vous pas dit que si nous avions fini avant la mousson l'eau reviendrait ?

– Si, si !

J'acquiesce rapidement en faisant signe à mon frère que nous partons. Alors que nous dépassons les derniers arbres sur la place du palais, Asmita me crie de loin :

– Mais il faut que vous restiez !

Piqué au vif, je reviens sur mes pas.

– Pourquoi dis-tu cela ?

– Oui, sarkar. Il faut que vous restiez. Si vous repartez à la ville, personne ne pourra empêcher les disputes de reprendre !

Je revois la scène où Asmita s'était fait traitée de « sudra » à la pompe. Je crains qu'elle ne dise vrai. Je hausse les épaules en feignant de ne pas attacher d'importance aux propos de la servante et rattrape mon frère qui a tout entendu.

– Au fait, quand repars-tu à l'université ? s'informe celui-ci, l'air de rien.

Je réponds laconiquement :

– Dans dix jours !

– Je redoute un peu ton départ, moi aussi, confie Jabvir tout en marchant.

– C'est ton grand frère qui va te manquer ?

Aussitôt, je m'en veux d'avoir répondu sur ce ton. Mais sans le savoir, ils ont touché, avec Asmita, un point sensible. Je vois approcher la fin des vacances avec appréhension.

L'avancement des travaux est une véritable épreuve. Après l'euphorie des premiers jours, les recrues se font plus rares. Chacun trouve des prétextes pour échapper au shram daan.

– Je dois m'occuper de mes bêtes !

– Je prépare mon champ.

Un par un, il me faut convaincre les volontaires. Mon petit laïus est bien rodé.

– Vos bêtes, vous feriez mieux de réfléchir à ce qu'elles vont boire demain si vous ne voulez pas qu'elles rejoignent les charognes alentour...

– Vos champs auront beau être prêts, si vous n'avez pas d'eau, vous serez bien obligés de partir !

Ces argumentations m'épuisent bien plus que les travaux de terrassement. Cette situation réjouit le sarpanch et ses amis, décidés à reconquérir leur influence coûte que coûte. J'ai appris par Ramkaran qu'une réunion se tient ce soir chez lui. Son père a été invité. J'aimerais quitter Sitapura l'esprit tranquille, mais je suis inquiet.

*
**

À la faveur de la nuit, je me poste furtivement dans un renfoncement du mur, devant une ouverture qui donne sur la cour intérieure de la maison du maire. À voix feutrées, les hommes discutent, assis sur les marches.

Le sarpanch, reconnaissable à son crâne rasé et à une bedaine proéminente qui menace toujours de faire craquer les derniers boutons de sa chemise, se lève enfin pour faire face à ses auditeurs.

– Merci d'être venus au rendez-vous ! commence-t-il assez bas. Je savais que je pouvais compter sur vous... Vous avez pu constater comme moi que l'histoire a fait, récemment, un retour en arrière préoccupant dans notre village. On pouvait croire le temps des privilèges disparu. Mais on dirait que l'ère des rajas est réapparue chez nous, avec le soutien de la majorité de la population. Notre autorité est donc menacée. Je voulais vous consulter afin de mettre fin à cette mascarade !

Un homme à l'épaisse moustache noire se dresse à son tour, contenant à grand-peine son exaspération :

– Même ma femme est de leur côté ! Tous les jours, elle revient à la charge pour que j'aille les aider dans leur réservoir !

– Mais, monsieur Ghesu, pourquoi donnez-vous tant d'importance à une entreprise vouée à l'échec ? s'exclame monsieur Sharma, un homme d'une trentaine d'années. Vous les avez vus, avec leurs bassines et leurs pelles ? Croyez-vous sérieusement qu'on peut combattre l'avancée du désert de cette façon ?

Plusieurs personnes abondent dans son sens, interrompues par une voix très posée qui vient du fond de la cour.

– Je ne crois pas qu'il faille prendre cette entreprise à la légère. Vous sous-estimez Ramjee. Il bénéficie d'un large soutien populaire, qu'il a su obtenir en se montrant un homme d'action exemplaire, à l'écoute des anciens, avec des convictions fortes et un talent certain de rassembleur...

Je me demande qui peut bien parler de moi de manière si élogieuse...

Visiblement agacé d'entendre prononcer mon nom, le sarpanch reprend sèchement :

– Monsieur Benni, êtes-vous venu nous chanter ses louanges ? Je ne comprends pas ! Où voulez-vous en venir ?

L'homme interpellé garde un calme digne d'un brahmane. Il penche en avant sa tête aux cheveux coupés en brosse.

– Si le problème vient de Ramjee…

À ce mot, le sarpanch manifeste de nouveau des signes d'impatience.

– … il suffit qu'il disparaisse pour que nous ayons la paix.

Le maire, malgré son ressentiment à mon égard, n'a visiblement jamais envisagé une proposition aussi radicale. Effrayé, il demande :

– Que voulez-vous dire ?

Dans mon coin, je ne peux m'empêcher de frissonner. Monsieur Benni veut-il me tuer ?

– Vous semblez oublier que Ramjee n'a que dix-sept ans et qu'il ambitionne d'aller à l'université !

Le sarpanch retrouve soudain le sourire.

– Excellente remarque, monsieur Benni ! Je vous avais mal compris… Vous avez raison. Sa force est d'être sur le terrain. De Jaipur, il aura du mal à contrôler la situation… Et nous, nous serons là pour reprendre les choses en main !

– Un dernier conseil ! ajoute monsieur Benni. En attendant, ne nous mettons pas la population à dos et feignons de nous intéresser de loin à leurs travaux.

Sur ces mots, les hommes se dispersent. Je me dépêche de regagner le palais avant qu'ils ne me surprennent.

Je trouve la famille attardée sur la terrasse, le rare endroit où l'on puisse goûter, à cette heure, un peu de fraîcheur. Je m'accoude à la balustrade, l'air de rien, songeant à la discussion que je viens de surprendre et aux vacances qui touchent à leur fin.

J'ai été tellement occupé par mon entreprise que je n'ai pas vu le temps passer. Jamais, dans ma vie, je n'ai vécu une aventure plus exaltante que celle de ces derniers mois ! Pour la première fois, je me suis senti vraiment utile, à ma place, en harmonie profonde avec les autres et moi-même.

Mais plus la date de la rentrée approche, plus je me sens angoissé. N'y tenant plus, je viens chuchoter à l'oreille de ma mère de me rejoindre à mon poste d'observation préféré. J'ai besoin de parler.

Elle s'extrait du cercle familial, dans un bruissement de soie et s'approche de moi, légèrement inquiète.

– Où étais-tu passé ? Tu veux me parler ?

– Oui, maman. J'hésite à repartir à Jaipur...

Je m'entends prononcer ces mots comme si c'était un étranger qui parlait. C'est la vérité pure, mais le fait de la formuler à haute voix me place au bord du précipice. Je n'ai plus d'autre choix que de sauter dans l'inconnu d'une parole à peine ébauchée.

– Je vois bien que, si je ne reste pas là, les choses vont redevenir comme avant. Ce serait dramatique. La fin de notre village. Certes, les travaux ont bien avancé, mais il y a encore tant à faire. Le temps est court d'ici à la prochaine mousson. Je voudrais aller jusqu'au bout. Être sûr d'avoir mis toutes les chances de notre côté.

– Mais, Ramjee, ce n'est pas possible ! répond ma mère sur un ton réprobateur. Tu as réussi tes examens. Tu as la chance de pouvoir poursuivre tes études. Tu ne peux pas laisser passer cette opportunité ! Tu as déjà sacrifié toutes tes vacances pour réparer le réservoir, ce n'est plus à toi de t'occuper de cela… Pense à ton avenir !

– C'est ce que je fais, maman ! Mais tu parles de mon avenir et de celui de Sitapura comme si c'était deux choses séparées. Pour moi, ils sont complètement liés. Je m'en voudrai toute ma vie si je ne fais pas tout ce qui est en mon pouvoir pour sauver le village !

Ma mère réfléchit à ces dernières paroles.

– Mais qui te dit que le village va disparaître ? Le shram daan fonctionne plutôt bien, non ? Ne crois-tu pas les gajdharis capables de mener les travaux à leur terme ?

– J'aimerais le croire, mais je ne sais pas comment t'expliquer… Il faut être sur le terrain pour comprendre. Ce n'est pas facile de motiver soixante personnes chaque jour, pour effectuer des travaux de terrassement ! Monsieur Gujjar est bon comme chef de chantier. Il connaît son affaire. Seulement, ce n'est pas suffisant. Il faut encourager les gens, les accueillir, les remercier, les enthousiasmer. J'ai une vraie responsabilité vis-à-vis de tous ces volontaires qui ont accepté de me suivre !

Je m'arrête, voyant ma mère faire tourner ses bracelets dorés, signe de désaccord chez elle.

– Tu veux mon avis ? demande-t-elle. Si ton objectif est de venir en aide à notre village, un solide bagage universitaire te sera bien plus utile !

– Ce sera trop tard, maman ! C'est maintenant qu'il faut agir... Si nous laissons encore les pluies ravager nos terres, il n'y aura plus que du sel dans le sol de Sitapura ! Peu importe les diplômes... Je n'en ai pas besoin pour continuer les travaux engagés !

– Mais où tout cela va-t-il t'entraîner ? Si tu échoues ? Si l'eau ne revient pas ? insiste-t-elle dans une ultime tentative. Tu ne pourras plus obtenir de bourse. Sans diplôme, comment gagneras-tu ta vie ? Il ne s'agit pas seulement de toi, mais de nous tous !

Je plonge ma tête entre mes mains, songeant à ma responsabilité vis-à-vis de toute la famille. Je sais que mes parents m'ont laissé prolonger ma scolarité, dans l'espoir que j' exerce un jour un métier bien rémunéré et que ma contribution permette de faire face aux dépenses du palais.

Je regarde ma mère et rassemble toute mon énergie, comme pour une lutte vitale :

– L'avenir de la famille me préoccupe, maman. Mais les villageois ne sont-ils pas aussi des nôtres ? Allons-nous les abandonner à leur sort en ne réfléchissant qu'en fonction de nos intérêts personnels ? Cet esprit du chacun pour soi ne peut que nous perdre ! Vois comme les travaux communautaires ont rapproché les habitants. Nous avons besoin de rester solidaires. Mon rôle est de demeurer parmi vous !

– Le fils doit faire ce qu'il sent !

Cette voix, surgie de l'obscurité, nous fait sursauter tous deux. Mon père, car c'est lui, ne prend même pas la peine de poursuivre. Jamais je n'aurais imaginé son soutien à une heure aussi décisive ! De toutes les vacances il n'a fait qu'observer de loin le shram daan, absent et indifférent, semblait-il, à tout ce qui pouvait advenir à Sitapura.

Il reste là, pesant de toute sa présence silencieuse dans la discussion qui m'oppose à ma mère. Je suis bouleversé par toute la confiance concentrée dans les mots qu'il vient de prononcer. C'est peut-être justement ce qui lui a manqué avec son propre père pour prendre sa place dans la vie...

Les larmes aux yeux, je lui serre le bras en soufflant tout bas :

– Merci, papa !

Chapitre 7

LES RAJPUTS DE L'EAU

« Ramjee reste ! »

La nouvelle s'est répandue comme une traînée de poudre dans tout le village, réjouissant les uns et mécontentant les autres.

Moi-même, passé le premier mouvement de joie après l'intervention inattendue de mon père, l'angoisse est revenue me tarauder.

« Tu es trop jeune ! Comment vas-tu t'y prendre maintenant pour continuer ? Et comment va réagir le sarpanch ? »

Jusqu'ici, il était clair dans mon esprit que mon intervention s'achèverait en même temps que les vacances. Mais ce matin, jour de la rentrée des classes, j'assiste dans la cour du palais au départ de mon frère et de ma sœur, en uniforme d'écolier. Je sais que je devrais être sur la route de l'université de Jaipur. Je sais que quelque chose d'irréversible s'est produit.

Pour couper court aux hésitations qui me rongent, j'annonce à Jabvir et à Jeero :

– Je vous accompagne un bout de chemin !

– Je peux te donner la main ? demande Jeero, tout heureuse d'être escortée par son grand frère.

Sans attendre ma réponse, elle glisse ses petits doigts dans ma large paume.

– Tu es triste ? m'interroge-t-elle doucement, me voyant préoccupé.

– Mais non ! dis-je avec un sourire forcé. Alors, tu es contente de retourner à l'école ?

– Je préfère travailler avec toi ! C'est plus important que de répéter l'alphabet, déclare-t-elle avec une drôle de conviction pour son âge.

En regardant ce petit bout de femme trottiner à mon côté, je songe intérieurement qu'elle promet de nous réserver quelques surprises dans l'avenir… À mi-chemin de Nagar, le village où se trouve l'école, je dégage ma main :

– Allez ! Il faut que je vous laisse maintenant ! Vous me raconterez tout à l'heure comment ça s'est passé !

Je croise en sens inverse la longue file des écoliers du matin.

– Bonjour, Ramjee ! me saluent joyeusement les enfants, m'arrachant à mes pensées.

– Nous sommes avec toi ! ajoute Alam, le chef de bande, la mèche rebelle, qu'il rabat d'un geste savamment étudié pour découvrir ses yeux d'un vert intense. Il rêve de devenir acteur à Bollywood*. Pour les jeunes de Sitapura, il est déjà une vedette incontestée !

Cet encouragement ne tombe pas dans l'oreille d'un sourd. Depuis le début de mon aventure, j'ai l'intime conviction que ce sont les jeunes qui m'aideront à aller jusqu'au bout. Mais, avec la reprise de l'école, je sais que je vais avoir du mal à les réunir...

« Ne cherche pas des idées compliquées ! » me souffle une voix intérieure.

Je pousse un soupir de soulagement car un moyen tout simple vient de me venir à l'esprit.

Arrivé près du fameux cocotier de la place principale, je suis interpellé par une bande de jeunes qui discutent avec animation.

– Tu es au courant pour la famille Bholi ? me demande Sudhirendar. Ils sont partis ce matin avec leur bétail vers l'Uttar Pradesh. Il paraît qu'il y a de l'herbe là-bas.

– J'ai bien peur que d'autres n'en fassent autant ! ajoute Rajiv, l'air morose. J'en avais tellement marre l'an dernier que je n'avais qu'une obsession : finir l'école pour sortir de ce village au plus vite !

– Tu vas rigoler que je dise ça après toutes les blagues qu'on a faites sur toi, mais heureusement que tu es revenu ! confie Sudhirendar. Grâce à toi, l'ambiance du village a complètement changé.

Avec cette histoire de départ et les craintes qu'elle réveille, je sens que c'est le bon moment pour parler de l'idée qui m'est venue.

– Eh ! les gars ! Ce n'est pas parce que les vacances sont finies que tout doit s'arrêter ! D'ailleurs, il faut que je vous parle d'une idée : que diriez-vous si nous créions une maison des jeunes ?

Ma question provoque la stupeur dans le groupe.

– Une maison des jeunes ? Pour faire quoi ?

– Il y en a une à Jaipur. On s'y retrouve pour discuter, jouer. On peut même organiser des sorties, des activités. C'est aux jeunes de se prendre en main !

Je leur parlerais de la lune qu'ils ne réagiraient pas autrement. Au village, personne ne se soucie des jeunes ni de leur épanouissement. Qu'ils aillent à l'école, étudient sérieusement, donnent un coup de main aux parents, que les filles se montrent assidues aux travaux ménagers, c'est tout ce qu'on leur demande !

– Tenez, je vous invite devant chez moi. Vous savez, le bâtiment en dur qui fait face à la porte principale. Je suis sûr que mes parents seront d'accord pour nous le prêter. Venez m'y retrouver ce soir, après l'école, et amenez tous ceux qui pourraient être intéressés.

Je les salue sans donner plus d'explications. L'expérience m'a appris qu'il n'était pas utile d'insister pour convaincre. Comme les pêcheurs, il vaut mieux lancer la ligne et laisser venir le poisson.

*
**

Au palais, mon projet ne rencontre pas plus de succès. Ma mère, occupée à broder sur la terrasse, fronce immédiatement les sourcils :

– Ne devais-tu pas rester pour les problèmes de l'eau ?

– Mais si, maman ! C'est juste une manière de motiver les jeunes pour m'aider.

– Et tu crois que leurs parents vont les laisser s'amuser alors qu'il y a tant à faire ?

Ma mère a toujours de bons arguments ! Cela a le don de m'exaspérer...

– Vous n'êtes donc pas d'accord pour me prêter la salle verte ?

– Je n'ai pas dit cela ! se défend-elle en interrompant son ouvrage.

Je suis frappé par la lassitude qui se lit sur son visage. Je me radoucis :

– Maman, fais-moi confiance... Cette maison des jeunes est importante pour moi.

– Oh ! Je te fais confiance, mon fils ! soupire-t-elle. Mais je me méfie de ce que vont dire les gens. Allez, va ! ajoute-t-elle avec un pauvre sourire. De toute façon, cette pièce ne sert plus à rien !

*
**

À l'heure dite, j'entraîne Jabvir dehors. De l'autre côté de l'esplanade, une dizaine de jeunes entre douze et dix-huit ans attendent, devant un bâtiment tout en longueur, visiblement intimidés. Notre palais familial reste un lieu mythique dont personne n'approche sans y avoir été invité. Je les fais entrer dans une petite pièce peinte en vert acidulé, où de vieux matelas superposés font office de canapés. L'air est si poussiéreux que nous nous mettons tous à tousser. Cela a le mérite de détendre un peu l'atmosphère.

Ramkaran arrive sur ces entrefaites. Malgré la fatigue, ses yeux brillent de manière inhabituelle. Il vient prendre place à côté de moi. Chacun se regarde, ne sachant trop quoi dire ni que faire.

– Hé ! Je ne vous ai pas réunis pour rester comme des statues ! Enfin, j'espère...Vous avez d'ailleurs montré de quoi vous étiez capables avec le shram daan. Mais ce qui nous manque, ce sont des buts pour avoir envie de rester. C'est vrai, non ?

J'attends et guette une réponse. Les garçons finissent par acquiescer.

– Qu'est-ce que vous diriez de créer un groupe, juste pour nous ? Nous pourrions nous retrouver, discuter de nos problèmes, apprendre avec les gajdharis comment récolter l'eau pour pouvoir vivre ici, réfléchir à des améliorations... et, pourquoi pas, former les habitants à notre tour !

– Moi, je serais pour, mais tu sais bien que nous devons travailler ! objecte Alam avec réalisme. Ce n'est déjà pas facile avec le shram daan de libérer du temps ! À mon avis, nos parents ne vont pas apprécier !

Je m'attendais à ne pas soulever un enthousiasme immédiat. Je leur réponds avec un calme qui me surprend moi-même :

– Je n'en suis pas si sûr ! Ne croyez-vous pas, au contraire, qu'ils seraient prêts à donner beaucoup pour que vous restiez à Sitapura, si c'était possible ? Nous sommes l'avenir du village et nous pouvons rendre un vrai service en nous battant pour qu'il survive !

Jabvir, partagé, garde le silence. Surpris de le voir hésiter, je le provoque :

– Tu ne dis rien, Jabvir ?

Mon cadet laisse filer le sable du sol entre ses mains resserrées en entonnoir, tel un sablier.

– On va déjà à l'école ! S'il faut en plus que les gajdharis nous apprennent leurs vieux trucs !

Je lui réponds calmement :

– Leurs « vieux trucs » sont sûrement la chose la plus utile que nous pouvons apprendre, tu sais. Attends de voir la prochaine mousson et tu comprendras ce que je veux dire. Et puis, ce ne sera pas comme à l'école où l'on est enfermé dans une classe. Là, on sera sur le terrain, avec eux, pour apprendre.

Ramkaran ne contient plus son impatience.

– Moi, je crois que le mieux, c'est d'essayer. Pour les détails, on verra bien ! Le plus important maintenant, c'est de nous trouver un nom ! À Jaipur, on appelle ça une maison des jeunes ! Mais moi, j'ai trouvé quelque chose de beaucoup mieux !

Il laisse flotter un moment de suspense, sûr de son inspiration.

– On pourrait s'appeler « Les Rajputs de l'eau » !

– Génial ! s'écrie spontanément Jabvir, en laissant échapper d'un coup le sable qui lui restait dans la main.

– « Les Rajputs de l'eau », c'est vrai que ça sonne pas mal ! approuve Alam qui s'imagine déjà à la tête de son armée de guerriers de l'eau.

Rapidement, les langues se délient. Chacun rêve tout haut de ce que pourrait être cette maison des jeunes.

– Il faudra réfléchir à la déco, que cela devienne notre maison, propose Ramkaran.

Connaissant ses talents de dessinateur, j'acquiesce :

– Tu pourras nous peindre des Rajputs sur les murs !

– J'apporterai notre jeu de carom ! lance Jabvir, visiblement ravi de pouvoir s'amuser avec des amis.

C'est notre jeu préféré à la maison : les joueurs doivent envoyer des pions vers les quatre poches situées aux extrémités d'un plateau.

– Est-ce que les filles auront le droit de venir ? demande Alam, intéressé.

– Pourquoi pas ? répond Ramkaran. Elles aident bien pour le shram daan. Ce serait normal qu'elles fassent partie du groupe.

Je note les différentes idées dans un cahier d'écolier en écrivant en gros « Les Rajputs de l'eau » sur la couverture. Nous convenons que pour démarrer, nous nous retrouverons chaque jour, à la même heure, après l'école, dans cette pièce qui sera notre quartier général.

Il a suffi d'un simple nom pour nous mettre d'accord. Mais est-ce si étonnant ? Tous nous avons baigné, depuis notre enfance, dans les récits des exploits guerriers des célèbres Rajputs. Comment ne pas s'identifier aux héros qui ont fait la gloire du Rajasthan ?

*
**

Au cours des jours suivants, le projet prend forme. Une cagnotte est constituée. Ramkaran, très inspiré, peint une fresque combinant des scènes actuelles et historiques du Ramanaya, célèbre épopée indienne. Même les filles font quelques incursions entre deux tâches ménagères, profitant de cette respiration dans leur vie monotone.

Chapitre 8

LA CÉRÉMONIE DES FRÈRES ET SŒURS

Même si en apparence il ne se passe rien, je sais que je ne perds pas ce temps qui m'est compté. J'observe dans le groupe les leaders naturels lors des parties de carom ou de foot. J'attends le moment favorable pour transformer l'essai.

Il m'est donné providentiellement ce soir-là : Asmita et ses deux amies accourent, effarées, jusqu'à notre quartier général. Une dizaine de jeunes sont présents.

– C'est terrible, il n'y a plus d'eau au premier puits. Nous y sommes allées ce matin. Plus rien ! Nous avons beau actionner le bras de la pompe, pas la moindre goutte ne sort !

Elles miment la scène. Leurs bracelets argentés ou cuivrés s'agitent en émettant des cliquetis inquiétants. Tout le monde mesure l'énormité de la nouvelle : plus d'eau, plus de vie !

– Nous avons dû courir deux kilomètres pour aller à Pali. Les habitants étaient furieux qu'on vienne puiser leur eau, raconte Asmita, essoufflée.

Ce hameau est situé au bout des pâturages de Sitapura.

Je laisse mes Rajputs réagir. Ramkaran demande :

– Le sarpanch est-t-il au courant ?

– C'est son adjoint qui nous a conseillé d'aller là-bas, en attendant. Il dit qu'il va faire venir d'urgence un camion-citerne pour ravitailler le village en eau, mais qu'il ne faut pas compter dessus avant deux jours. Visiblement, nous ne sommes pas les seuls dans ce cas… La ville de Jaipur est débordée par les demandes.

Le chef Alam déclare :

– Si les gens ne discutent pas entre eux, cela va être la guerre pour l'eau ! Il faut réunir au plus vite tous les villageois et les habitants de Pali !

Les autres approuvent. D'un même mouvement, le groupe se tourne vers moi :

– Ramjee, c'est toi qui peux organiser cette réunion.

– Vous allez m'aider. Nous allons récupérer les porte-voix du débarras à côté et passer une annonce dans tout le village.

Les jeunes déambulent par petits groupes pour annoncer le rassemblement du lendemain. De mon côté, je prends soin de convoquer les ingénieurs de l'eau avant tout le monde, afin de définir une ligne de conduite claire.

Dominant le réservoir du haut du talus, les gajdharis observent silencieusement le travail accompli pendant les vacances. À ma grande satisfaction, le bassin a repris forme, toutes les brèches ayant été comblées. Confiant, j'explique pourquoi je les ai réunis.

– Même si ce manque d'eau est dramatique, je crois que c'est l'occasion de faire bouger les gens et de les remobiliser. Mais je voudrais d'abord faire le point avec vous sur le travail qui reste à faire avant la mousson.

– Il faudrait encore rehausser les digues d'Ann Sagar d'un bon mètre pour récolter le maximum d'eau, commence monsieur Gujjar après un coup d'œil expert. Deux mètres si nous le pouvons ! rectifie-t-il. La population a augmenté et la surface agricole à irriguer aussi. Nous devons en tenir compte.

– Mais c'est un travail colossal !

– Sans compter les canaux qui drainent l'eau jusqu'ici, ajoute monsieur Nand Lal, portant le coup de grâce. Il faut les désenvaser et réparer les digues qui se sont affaissées avec l'érosion.

Les ingénieurs de l'eau m'ont déjà expliqué combien ce réseau de canaux est crucial pour drainer l'eau vers le réservoir et éviter le ravinement du sol. Non entretenus depuis des années, beaucoup se sont progressivement comblés, perdant toute leur efficacité.

– Il faudrait aussi que chacun arrête de couper du bois n'importe comment en haut des digues, renchérit monsieur Gujjar. Ces arbres ont été plantés là pour empêcher la pluie d'emporter la terre ! Je me rappelle : c'est nous qui les avons plantés sur l'ordre de votre grand-père !

– Quelle est votre estimation ? Combien de volontaires nous faut-il pour avoir une chance d'y arriver ?

– Il faudrait une soixantaine de volontaires par jour, évalue rapidement monsieur Gujjar, en se référant à son expérience passée. Ces derniers temps, ils n'étaient plus qu'une vingtaine... C'est trop peu !

En rentrant au palais, je cherche désespérément une idée pour marquer les esprits. Je vois bien que l'enthousiasme du premier conseil s'est évaporé aussi vite que l'eau des puits. Il me faudrait un engagement très puissant, quasi religieux, pour que personne n'ose l'enfreindre.

Le mot « religieux » produit soudain un déclic en moi, m'inspirant un rite oublié. Je décide d'en conserver le secret pour garder l'effet de surprise.

– Qu'es-tu encore en train d'inventer ? me demande ma mère, me surprenant en train de farfouiller dans son nécessaire à couture.

Je cherche un prétexte mais n'en trouve pas...

– Rien, rien, maman. Enfin, si ! dis-je de manière assez confuse. J'aurais besoin de ton fil à broder rouge.

De plus en plus intriguée car je n'ai jamais tenu une aiguille de ma vie, ma mère s'avance et, prenant la boîte, me tend un écheveau d'un beau rouge vermillon. Coupant court à mes explications embrouillées, elle conclut sur un ton résigné :

– Je sais ! Tu en as vraiment besoin... comme la maison des jeunes, et je dois te faire confiance !

*
**

Le lendemain, plusieurs personnes, influencées par le sarpanch, font pression sur les villageois pour les dissuader, au dernier moment, de venir. Je crains d'avoir peu de monde. Mais les habitants, las des promesses non tenues par Delhi, arrivent en force. Réconforté, je fais face à la foule, massée sur le terre-plein surplombant le réservoir. À la surprise générale, j'ordonne :

– Nous allons nous placer de manière à former un grand rectangle !

J'extirpe alors de ma poche le fil à broder rouge.

– Vous connaissez la cérémonie des frères et sœurs ?

Il s'agit d'une coutume ancienne par laquelle deux membres de la communauté se promettaient assistance mutuelle jusqu'à leur mort. Toute l'assemblée comprend l'allusion. Ceux qui n'y ont jamais assisté en ont au moins entendu parler.

Fidèle à la tradition, je romps le fil en amont et en aval de mes mains et l'attache au poignet de monsieur Gujjar, mon voisin. Il s'empresse de m'imiter, tout heureux de renouer avec les traditions. De proche en proche, le fil est ainsi sectionné, puis lié au poignet de chaque participant. Les jeunes, habituellement tenus à l'écart de ce pacte, percevant la portée du geste, s'exécutent gravement.

– Restons solidaires ! les supplié-je. La solidarité doit être notre garde-fou dans l'adversité.

J'ai également apporté des coquilles remplies d'une pâte rouge à base de safran. J'en enduis mon pouce et marque d'un point l'espace situé entre les deux yeux de mon partenaire, formant l'œil de la sagesse hindou, capable de voir les réalités au-delà des apparences. J'élargis le symbole aux arbres attenants et commente :

– Eux aussi sont nos frères… Nous devons les respecter. Il faut cesser de couper n'importe quel arbre pour alimenter les feux.

J'attache des brins de fil rouge aux branches des arbres qui maintiennent les digues d'Ann Sagar. Jusque-là, tout le monde suit dans un grand silence. Le plus difficile reste à venir.

– Nous avons besoin de nouveaux bras pour restaurer les canaux ! Qui accepte de faire partie du groupe des volontaires ? demandé-je en jetant un regard circulaire sur la foule.

Personne ne lève la main. Chacun espère secrètement que d'autres se désignent. Embarrassé, je dévisage les villageois un par un, espérant les faire fléchir. Le silence s'installe, de plus en plus gênant. Les regards convergent tous vers le sol.

De l'autre côté du bassin, je surprends le sarpanch et toute sa clique qui nous observent, l'air moqueur. Ils doivent encore ridiculiser mon attachement aux coutumes ancestrales. Tout cela n'est pas assez moderne pour eux ! Je détourne les yeux.

Une main très fine ornée de bracelets s'élève alors timidement dans l'assemblée. Je reconnais mon alliée de la première heure, Asmita. Je lui adresse un sourire discret. D'autres jeunes filles lèvent alors la main, puis des garçons. N'est-ce pas la preuve que j'ai vu juste en misant sur les jeunes ?

Chapitre 9

LES FILLES

Joyeusement, nous nous mettons au travail. Les ingénieurs de l'eau organisent un tour de reconnaissance pour montrer aux volontaires toutes les sections endommagées des canaux. Ils décrivent un large cercle tout autour de Sitapura, puis des cercles plus petits, reliés entre eux comme une toile d'araignée, pour converger vers le cœur : le réservoir.

– Je voudrais poser une question, nous interrompt Sudhirendar. Pourquoi le réservoir a-t-il été creusé en cet endroit précis et pas ailleurs ? Si cela se trouve, c'est pour cela que nous n'avons plus d'eau...

Les autres garçons pouffent de rire devant l'incongruité de la question mais le chef des ingénieurs coupe court aux ricanements.

– Sa question n'est pas aussi bête que vous l'imaginez. Je vais essayer d'y répondre. Nous ne creusons pas n'importe où. Nous avons étudié les pentes du terrain sur lequel est construit le village. Le réservoir est situé à l'emplacement d'une ancienne cuvette naturelle. Même si vous ne la voyez pas parce que nous sommes en pleine saison sèche, il s'est formé sous cette cuvette une réserve d'eau.

– Et pourquoi ne part-elle pas ? insiste le garçon.

– C'est le sol qui la retient, explique patiemment monsieur Arshad. D'une part parce qu'elle ne peut pas couler plus loin, mais aussi parce que c'est un sol argileux qui est imperméable.

Après ce cours magistral donné sur le terrain, je propose de dessiner un plan de Sitapura et de représenter le dispositif général de drainage de l'eau. Ramkaran est une nouvelle fois mis à contribution pour exercer ses talents de peintre sur le mur qui sépare notre propriété et le réservoir, à l'emplacement de notre dernière et mémorable assemblée.

Le sarpanch fait semblant de s'intéresser à l'avancement de nos travaux, mais je ne suis pas dupe. Je sais qu'il attend le moindre faux pas pour nous mettre des bâtons dans les roues. Je profite juste de la situation pour organiser le chantier le mieux possible. De son côté, il est très fier de l'expérience pilote menée par les agents agronomes du ministère de l'Agriculture sur les zones de pâturage de Sitapura. Une grande parcelle a été découpée en carrés afin de retenir l'eau de la mousson et de favoriser la pousse de l'herbe.

Les filles se concertent pour s'entraider et dégager du temps libre dans leur journée déjà bien chargée. Certaines vont puiser l'eau tandis que les autres viennent donner un coup de main pour piocher, consolider les talus. Je suis étonné par leur détermination, leur assiduité, leur efficacité. Les garçons abattent une plus grande besogne, mais ils se fatiguent rapidement.

Je suis surtout fasciné par leur joie de vivre dans l'adversité. Elles chantent, fredonnent des chansons à la mode tout en travaillant. Je comprends sans peine que leur présence donne du cœur à l'ouvrage à tous les volontaires et qu'elles galvanisent le zèle des garçons.

Si je donne l'air d'assumer parfaitement cette mixité, je sais que cette assurance est feinte. Involontairement, quand j'arrive sur le chantier, je commence toujours par vérifier d'un coup d'œil rapide la présence d'Asmita. Dès que je l'aperçois, un sentiment de joie profonde m'envahit. J'ai bien éprouvé parfois une attirance pour quelques jolies filles mais, cette fois, mon sentiment est très différent.

Lorsque je m'allonge le soir sur mon matelas, je la revois, habillée d'une longue jupe plissée et brodée, son buste serré dans un caraco fuchsia, ses épaules et ses cheveux enveloppés d'un voile bleu turquoise, s'éloignant avec sa cruche gracieusement jonchée sur sa tête, se balançant d'avant en arrière pour mieux gravir la pente. Puis elle vient vers moi, me commandant de boire le verre d'eau qu'elle me tend. J'entends une nouvelle fois sa voix chaude et impérieuse. Enfin, cette main aux attaches si fines qui se dresse lors de la cérémonie des frères et sœurs, créant une si belle contagion. Quel pouvoir divin a été confié à une si frêle jeune fille ? Comment pourrais-je oublier son soutien si décisif en deux occasions où je me suis senti si profondément seul ? Je mesure quel empire elle a gagné sur mon cœur et brûle de savoir pourquoi elle m'aide ainsi.

Le lendemain, je m'arrange pour travailler à son côté, décidé à faire la lumière sur ce mystère qui me tient éveillé depuis plusieurs nuits.

Je pioche et ramasse à grandes pelletées la terre ocre dans le seau qu'elle me tend. Je l'aide ensuite à l'installer sur sa tête, avant de la laisser partir déverser le contenu du seau pour rehausser les talus. J'essaie de régler ma respiration à un rythme normal mais, chaque fois qu'elle revient, je crains qu'elle n'entende les battements de mon cœur, pareils à une cavalcade.

Je tousse pour m'éclaircir la voix, mais aucun son ne sort de ma bouche. Furieux contre moi-même, je me promets que la prochaine tournée sera la bonne. Pourquoi est-ce plus difficile de parler à Asmita qu'à tous les habitants de Sitapura ? Je lui en voudrais presque de me plonger dans un état aussi absurde. Je profite de chaque éloignement pour reprendre souffle.

Elle revient. De petites gouttes de sueur perlent sur ses tempes. J'en suis bouleversé. Elle chantonne, comme à son habitude. Le son de sa voix m'apaise.

– Asmita, parviens-je à dire.

– Oui ! répond-elle simplement.

Sur ma lancée, je poursuis :

– Je voulais te dire merci pour ton soutien... Tu sais, le verre d'eau, la cérémonie des frères et sœurs.

Elle baisse les yeux.

– Pourquoi as-tu fait cela ?

Elle relève son joli visage et me regarde avec une candeur si désarmante que j'ai peine à ne pas perdre mes moyens.

– Ramjee, tu dois savoir : l'eau, c'est toute notre vie à nous, les filles ! Qui rapporte l'eau chez toi ?

Je pense à mes sœurs, à mes cousines.

– Au début, j'étais choquée comme les autres que tu oses creuser, toi, le petit-fils de notre ancien raja. Et puis, j'ai réfléchi. Je me suis dit : « S'il fait cela, c'est que c'est vraiment très grave. » J'ai compris que c'était pour nous que tu agissais ainsi. Toutes les filles pensent comme moi maintenant !

J'attendais autre chose… J'espérais secrètement que l'amour avait dicté sa conduite. Ma déception est immense ! Je n'ajoute rien et médite seulement cette parole : « Tu sais, l'eau, c'est toute notre vie à nous, les filles ! »

Chapitre 10

LA PREMIÈRE MOUSSON

Chaque matin depuis le mois de mai, dès mon réveil, je monte avec Jabvir sur la terrasse pour scruter l'horizon, guettant les signes avant-coureurs de la mousson. Souverain, le ciel refuse de changer. Il est toujours insolemment bleu. Attendre, attendre ! Je déteste attendre !

Ils sont des millions de paysans à endurer, année après année, cette épreuve de l'attente. Mais c'est la première fois pour moi qu'elle revêt une telle importance. Il faut qu'il pleuve. Sinon, Sitapura sera rayé de la carte ! Ce serait si simple s'il suffisait d'ordonner à la pluie de tomber !

Le temps s'est arrêté. Les jours passent et se ressemblent. Monotones. Ce matin, monsieur Gujjar, sentant l'impatience monter chez les jeunes Rajputs, nous propose une partie de carom, en haut des digues d'Ann Sagar.

Tous les yeux fixent le plateau de jeu et les quatre poches situées aux extrémités dans lesquelles il faut envoyer les pions.

– À toi de jouer, Ramkaran ! rappelle Jabvir à son adversaire.

– Hé… Mais regardez, les branches des arbres ! s'écrie celui-ci, sans plus prêter attention au jeu. Elles bougent ! Je vous dis qu'elles bougent !

Cette fois, tout le monde interrompt la partie, le cœur battant.

– Allons voir ce que ça donne sur la terrasse du palais ! lancé-je en me mettant à courir comme un fou, suivi des Rajputs et de monsieur Gujjar qui ne veut pas être de reste.

Arrivés en haut, le souffle court, nous regardons tous en direction du sud-ouest les gros nuages noirs qui barrent l'horizon. Le vent venu de l'océan ne cesse de souffler, faisant ployer les palmiers.

– La mousson… murmure le vieux gajdhari, les larmes aux yeux.

– La mousson ! La mousson ! hurlent les Rajputs en dégringolant les escaliers et en ameutant le village, de rue en rue. Tout le monde sort.

Les premières gouttes tombent, épaisses et chaudes. Les habitants, les bras tendus vers le ciel, rient à gorge déployée, criant leur espérance comblée, tous ces jours de labeur récompensés. Ivres de joie, ils courent, chantant sous la pluie qui devient diluvienne, les vêtements collés, offrant leur corps à l'eau qui régénère la vie et féconde la terre.

Je ne peux m'empêcher de pleurer, mes larmes se confondant avec la pluie. Je remercie le ciel pour sa prodigalité, pour ce don gratuit de l'eau sans lequel tous nos efforts auraient été vains. Ce travail de fourmis accompli par tous les villageois pour endiguer les flots impétueux, drainer l'eau jusqu'au réservoir d'Ann Sagar.

*
**

Ce soir, tout le village est en liesse. Les rancœurs sont provisoirement oubliées. Le sarpanch a ordonné une fête. Pas question de dormir cette nuit ! L'orchestre municipal a sorti le charriot des grands jours, truffé de haut-parleurs dans toutes les directions, pour que tout le monde puisse profiter de la musique. Les voix amplifiées des solistes et des chœurs se répondent sans interruption, entremêlant leurs chants inimitables.

Dans chaque quartier, les voisins se regroupent pour partager le dîner. Les Rajputs, les gajdharis et tous ceux qui ont participé au shram daan se retrouvent dans la cuisine des domestiques, située à l'extérieur du palais.

Asmita et ses amies arrivent avec de l'eau et de la farine et aident les petites filles à confectionner des chapatis.

– Regarde, Jeero ! montre Asmita d'un geste rapide et expert à ma petite sœur. Il faut que tu aplatisses la boule de pâte et que tu la lances très vite entre tes deux mains. Comme ça ! Tu vois... Elle prend une forme arrondie !

– Mais non ! proteste l'apprentie cuisinière en montrant sa galette. Elle ne veut pas se mettre en rond !

– Remets-la en boule et recommence ! l'encourage Asmita. Avec de l'entraînement, tu finiras par y arriver ! Je n'ai pas réussi du premier coup, tu sais !

De leur côté, les garçons surveillent la cuisson dans de petites poêles. Les chapatis déjà cuits finissent de dorer, calés à la verticale autour du feu.

Les sauces circulent parmi les convives au milieu des rires quand on évoque les bons souvenirs de cette année de travaux collectifs. Même si le repas est loin d'être un festin, personne ne semble s'en soucier.

– Nous nous sommes préparés et la mousson est au rendez-vous ! Que cette pluie soit une bénédiction pour tout notre village ! dis-je en croquant une belle bouchée du chapati que je tiens à la main.

Ramkaran reprend les mêmes paroles en chantant à tue-tête, improvisant une suite qui couvre un instant le chant du soliste de l'orchestre municipal.

Soudain, toutes les voix se taisent, comme d'un commun accord. Le silence plane, envoûtant. Puis, à l'autre bout du village, le soliste, accompagné d'autres chanteurs, entonne un nouvel air avec une vigueur accrue.

– Hé ! On ne va pas les laisser faire ! s'exclameAlam. Allez ! Chantez tous !

Ramkaran, soutenu par les Rajputs, rivalisent avec eux. L'orchestre en profite pour augmenter le volume des amplificateurs. Jabvir n'est pas dupe.

– Ils ont monté le son. Je vais chercher les cymbales !

Jusqu'à l'aube, le jeu se poursuit, dans une véritable cacophonie, avec le tambourinement régulier de la pluie sur la tôle ondulée du toit. Les chanteurs finissent la voix cassée, exténués.

*
**

Quelques jours plus tard, je passe près du puits et croise Asmita actionnant la pompe de nouveau en service. J'ai encore du mal à digérer ma déception. Chaque fois que je la vois, je ressens un léger pincement au cœur. Je me raisonne en songeant que, de toute façon, je n'aurais jamais pu épouser une sudra. Je ne sais si elle a deviné mes sentiments pour elle. Je me félicite néanmoins de ne pas m'être déclaré ouvertement. Sinon, il m'aurait été encore plus pénible de la laisser nous aider. Cela me permet d'accueillir son soutien indéfectible, en espérant parvenir un jour à la considérer seulement comme une amie. Elle me sourit.

– Alors, Mademoiselle l'Eau est contente ? la taquiné-je pour masquer mon embarras.

– Oui, Monsieur le Raja, répond-elle du tac au tac. J'économise quatre kilomètres par jour... Vu tout ce que j'ai à faire, ce n'est pas rien !

Elle finit de remplir sa cruche, se relève et, mystérieuse, me dit tout bas :

– J'ai quelque chose à te montrer !

Laissant son eau, elle m'entraîne derrière elle et, quelques mètres plus loin, pointe son index vers un arbre.

– Tu vois là ?

Je m'applique de mon mieux pour la satisfaire mais n'aperçois rien d'extraordinaire, sinon les palmes vertes qui se balancent dans le vent.

– Les oiseaux ! s'exclame-t-elle d'un ton légèrement impatienté. Ils sont revenus !

Je vois à présent distinctement les nids si particuliers de nos oiseaux, qui ressemblent à des chaussettes qu'on aurait suspendues aux branches. Entendant le gazouillis d'oisillons, je dis :

– Tu as raison... C'est un beau signe pour le village. J'avais oublié. Mais lorsque je suis revenu cet été pour les vacances, cela m'avait frappé : le silence des oiseaux !

Chapitre 11

JABVIR

La pluie continue à tomber régulièrement. Dès les premiers rayons de soleil, le village renaît. Dans les champs, les graines commencent leur germination, répandant un vert tendre sur tout le paysage. Le sarpanch est ravi car la parcelle expérimentale est couverte d'herbe, promesse d'un fourrage abondant.

Sous une pluie battante, je rassemble les Rajputs et les gajdharis à l'abri des acacias, pour une inspection générale de nos installations.

– Tu n'aurais pas pu attendre que la pluie s'arrête ? me demande Ramkaran complètement trempé.

Je réponds en plaisantant :

– Mais non ! J'adore ça, tu le sais bien ! Maintenant, il faut savoir ce que nous voulons. Ce n'est que quand il pleut qu'on peut vraiment observer comment l'eau s'écoule. Pour améliorer notre travail, il n'y a pas mieux !

Pataugeant dans la boue, nous avançons prudemment sur les digues, le long des canaux.

Monsieur Gujjar, craignant de glisser, se cramponne à sa canne. Il s'arrête devant un pan qui a cédé, entraînant des torrents de boue impressionnants sur son passage.

– C'est incroyable ! s'exclame Alam en colère. C'est nous qui avons travaillé sur ce tronçon. Pourquoi ça a cassé juste à cet endroit-là ?

– On a toujours du mal à imaginer la force de l'eau ! répond monsieur Gujjar. Regarde, il suffit d'un petit virage, d'un peu plus de pente et le courant prend de la vitesse et fait des dégâts !

– Que peut-t-on faire ? lui demandé-je, aussi déçu qu'Alam de voir cette brèche dans un ouvrage dont j'étais si fier.

– Planter ! Il faut replanter des arbres comme autrefois sur tous les remblais et arrêter de couper du bois à tort et à travers ! Ces arbres n'ont pas été mis là par hasard. Les racines retiennent la terre et forment un rempart efficace contre le ravinement. Mais ne vous en faites pas, même si ce n'est pas parfait, l'eau a bien rempli Ann Sagar. C'est l'essentiel ! dit-il en contemplant, radieux, le réservoir rempli d'eau sur une hauteur de un mètre.

– C'est la première fois de ma vie que je le vois comme cela ! s'extasie Jabvir, qui ne se lasse pas d'observer chaque jour la montée du niveau de l'eau dans son ancien terrain de foot.

Je regarde mon frère. En un an, il a bien changé. Il me dépasse maintenant d'une bonne tête et son allure athlétique contraste avec mon corps trapu. Mais plus que son physique, son esprit a gagné une étonnante maturité. Il est maintenant complètement passionné par notre aventure.

– Alors, tu lis combien ? lui demandé-je, au moment où il saisit avec précaution le bidon témoin qu'il a posté près du réservoir. Il a pris l'initiative de mesurer jour après jour la quantité d'eau tombée.

Très sérieusement, il monte le récipient à la hauteur de ses yeux et approche une règle d'écolier.

– Presque 14 pouces* !

– Mesurons la hauteur d'eau dans le puits maintenant ! proposé-je après avoir soigneusement consigné le résultat dans mon cahier.

Ramkaran descend une longue corde avec une pierre attachée à l'extrémité, jusqu'à ce qu'elle touche le fond du puits. Doucement, il la remonte et mesure la hauteur de corde mouillée en s'aidant d'une toise.

– J'ai dû me tromper quelque part... Je recommence ! dit-il, sceptique.

Une nouvelle fois, il compte ses longueurs et finit par annoncer :

– Si, si, c'est bien cela 45 pieds*... Eh bien, l'eau a sacrément remonté ! On est tranquilles pour un bout de temps !

– Je ne comprends pas, ajoute Raman, incrédule. À l'école, le niveau du puits n'est qu'à 15 pieds. Ce n'est pourtant pas si loin d'ici !

Je ferme mon cahier et fais signe à Jabvir de me suivre vers le terrain d'expérimentation du gouvernement.

Nous arrivons tous deux devant la parcelle toute boueuse. Jabvir se baisse et arrache une botte d'herbe, sidéré.

– Complètement pourrie !

Il examine le terrain avec attention. Ils ont creusé des tranchées trop profondes. L'eau ne s'écoule pas suffisamment...

– Dommage ! Tout ce travail et cet argent dépensé pour rien ! J'en connais certains à qui cela ne va pas faire plaisir, dis-je en pensant aux éleveurs et au sarpanch. Allez ! Viens ! Nous avons du travail.

Nous allons au potager et enjambons chacun un sillon. Le dos courbé, nous avançons en parallèle tout en désherbant les plants de haricots.

– Tu as eu une bonne idée de relever les mesures, lui dis-je en travaillant. Tu as entendu ce que disait Raman. Si les villages à côté ont si peu d'eau, c'est bien la preuve que notre système fonctionne !

– Pourtant, je peux te dire qu'ils se sont bien fichus de nous à Nagar ! Rien que pour cela, je suis content d'avoir fini l'école ! s'exclame Jabvir.

– Tu ne perds rien pour attendre, tu vas voir : à Jaipur, ils vont se moquer de toi parce que tu es un paysan...

Je me redresse en me massant les reins.

– Allons chercher le fumier maintenant !

Jabvir ne réagit pas. Il semble hésiter :

– Ramjee. J'ai quelque chose à te dire... j'ai réfléchi. Je veux rester travailler avec toi. On forme une bonne équipe tous les deux, non ?

Sacré Jabvir ! Il est bien tel que je l'espérais ! C'est vrai que nous nous complétons bien. Il n'est pas du genre à s'exciter sur les nouvelles idées. N'a-t-il pas d'ailleurs tenté de me décourager au début ? Mais une fois qu'il a pesé l'intérêt d'un projet, sa détermination et son opiniâtreté sont sans faille !

– Pour ne rien te cacher, j'y ai déjà songé, mais j'ai besoin que tu continues tes études.

– Tu plaisantes ! m'interrompt Jabvir. Toi, tu serais sur le terrain pendant que je serais dans les bouquins ?

– Pas du tout. Je sais que je suis bon sur le terrain. C'est moi qui ai lancé l'entreprise. C'est à moi de poursuivre ! Tu es beaucoup plus doué que moi pour les études. Entre nous deux, c'est toi qui as le plus de chances de réussir.

Sachant que je n'ai pas tout à fait tort, il ébauche un sourire mais hésite encore. Je poursuis :

– Il me manque quelqu'un qui ait de véritables connaissances scientifiques... un ingénieur quoi ! Il n'y a qu'à te regarder faire tes expériences. C'est évident que tu es fait pour cela !

– Ah ! Je vois que j'arrive parfois à te convaincre avec ma science, s'exclame-t-il avec satisfaction.

– Tu sais, je crois comme toi que les méthodes traditionnelles peuvent être optimisées et que nous serons plus crédibles en faisant l'alliance entre l'ancien et le moderne.

Jabvir est sensible à ma demande de s'allier à moi pour crédibiliser notre action. N'est-ce pas la première fois que je lui signifie aussi clairement et personnellement mon estime ? Et n'a-t-il pas effectivement ce désir d'aller plus loin que le système traditionnel des gajdharis en tirant partie des dernières avancées du progrès scientifique ?

– C'est bon, Ramjee ! J'accepte ! Mais à condition que tu me gardes une place pour travailler avec toi quand je reviendrai à Sitapura.

– Je te le promets !

J'ai toujours su intuitivement que j'avais besoin des autres pour avancer. Mais avec Jabvir, ce sentiment est encore plus fort. Comme certaines partitions de musique, notre destin est écrit pour un morceau à quatre mains, les harmonies de l'un complétant celles de l'autre.

Chapitre 12

LE PÈLERINAGE DE L'EAU

Après la vague d'euphorie créée par la moisson, je me trouve un peu désœuvré et de nouveau songeur : n'est-il pas encore temps pour moi de repartir à Jaipur, de rejoindre mon frère et de reprendre mes études ? Ma mère exerce une pression constante pour que je pense à mon avenir. Mais l'avenir lui-même se charge souvent de nous montrer la voie…

En fin d'après-midi, les écoliers arrivent à notre quartier général, comme à l'accoutumée. Leur air étonnamment grave me fait presque sourire. Ils ressemblent à ces personnes qui se croient soudain devenues importantes parce qu'elles détiennent le secret d'une mauvaise nouvelle.

– Eh bien, dis-je, reprenant tout mon sérieux, quel vent vous amène ?

Un gamin de sept ans, tout édenté, prend la parole d'une drôle de voix chuintante.

– Il faut que tu viennes à Nagar !

– Et qu'irai-je faire là-bas ?

– Ils sont comme nous avant ! dit-il, persuadé que je suis le cours de ses pensées.

Le garçon est interrompu par un autre, plus dégourdi.

– Il veut dire qu'à Nagar personne n'a rien fait pour préparer la mousson et rien ne pousse. Quand ils ont appris que tout notre village était redevenu vert, ils n'en revenaient pas. Ils nous ont demandé comment nous avions fait. Nous leur avons dit que c'était grâce à toi. Alors, ils veulent que tu viennes leur rendre visite.

– Ah oui et qui ça, « ils » ?

– Le chef du village. C'est lui qui nous a chargés de te prévenir.

Comme je ne réponds rien, il insiste :

– Alors, tu vas venir ?

– Oui, j'irai demain à Nagar.

*
**

L'arrivée à Nagar me fait frissonner : c'est le même spectacle de désolation qu'à mon arrivée, un an plus tôt, à Sitapura. La mousson, violente, a lessivé les sols au lieu de les fertiliser.

Monsieur Rampal, le chef du village, m'a donné rendez-vous dans le cadre rassurant de l'école que j'ai fréquentée plus jeune. Je le connais vaguement. Pourtant, je suis impressionné de me trouver face à lui. Âgé d'une quarantaine d'années, mon interlocuteur me semble encore plus grand que dans mes souvenirs. Son turban rouge fait ressortir la noblesse de ses traits et lui donne l'allure d'un prince du désert. Je suis surpris par la lassitude de sa voix lorsqu'il m'explique les motifs de cet entretien.

– Tu as vu le désastre !

Il reste pensif un instant avant de poursuivre :

– On m'a raconté comment tu as sauvé Sitapura, en mobilisant la population. Je voudrais que tu m'aides à faire la même chose ici.

Je suis mal à l'aise. Comment un homme, du double de mon âge, peut-il me demander de l'aide ?

– Il y a sûrement d'anciens gajdharis à Nagar, capables de vous guider pour restaurer vos réserves d'eau.

– Ce n'est pas le problème, Ramjee. Ma difficulté est de convaincre les habitants de se mettre au travail. Il y a une telle tension dans le village !

Je suis de plus en plus perplexe. À mes yeux, monsieur Rampal rassemble toutes les qualités d'un chef. Que puis-je obtenir de plus que lui ? Mais, touché par sa confiance, j'espère trouver un moyen.

– Je ne suis pas certain d'être à la hauteur de vos espérances, mais je peux essayer.

Sur le chemin du retour, je réfléchis. Je sais qu'à Sitapura j'ai bénéficié de l'influence liée à ma position sociale. Mais, à Nagar, je ne représente pas grand-chose : je ne suis qu'un jeune parmi d'autres. Je ne peux donc pas jouer de mon titre de raja et montrer l'exemple en bêchant... Je dois frapper les esprits suffisamment fort si je veux faire bouger les gens, changer leur comportement. Mais comment ?

Je suis surpris dans mes pensées par un groupe de pèlerins qui se rendent à Pushkar. Ils marchent, pieds nus, des bonnets de laine enfoncés sur la tête, des gamelles de fer-blanc accrochées à leur taille, arborant des étendards à la gloire du lieu saint qu'ils vont honorer. On croise fréquemment de telles processions sur nos routes d'Inde. Habituellement, je passe distraitement devant eux, mais dans l'état d'esprit où je me trouve, l'image du pèlerinage s'imprime en moi. Je sais qu'il y a là une idée à creuser.

Toute la journée, je suis absorbé dans mes pensées, attendant impatiemment le soir pour pouvoir parler à mon groupe de jeunes et confirmer mon intuition.

Alam arrive dans notre local, curieux de savoir comment s'est passé mon rendez-vous.

– Alors, tu as vu monsieur Rampal ? Que voulait-t-il ?

– Vous n'allez pas me croire, mais il nous demande de l'aider à mobiliser la population. Il a essayé mais il n'y parvient pas !

– Cela ne m'étonne pas, répond-il. Il faut voir comme les élèves de Nagar se sont moqués de nous quand ils ont su qu'on réparait nos réservoirs ! Ils pensent que c'est complètement ringard.

Ramkaran renchérit :

– La famille de ma mère est de là-bas. Les villageois se prennent pour je ne sais quoi sous prétexte qu'ils ont une école. Jamais ils n'accepteront de se salir les mains !

– Laissons de côté ces vieilles querelles. Je voudrais vous soumettre une idée qui m'est venue.

Le groupe qui commençait à s'échauffer se tait immédiatement :

– C'est bientôt la fête de Devuthni Ekadashi. À Nagar, comme partout, ils vont honorer les points d'eau par leurs prières. Imaginez leurs réactions devant tous les bassins et les puits asséchés ! Nous pouvons justement profiter de cet état de choc pour les faire réfléchir.

– Quoi ? Tu veux aller leur parler ? m'interrompt Alam. Mais ils ne t'écouteront même pas, Ramjee. Tu n'es pas à Sitapura !

– Attends un peu. Je sais très bien qu'ils ne m'écouteront pas. C'est pour cela que j'ai pensé organiser un pèlerinage de l'eau.

– Un pèlerinage de l'eau ? Mais d'où tu sors ça ? demande Ramkaran, étonné.

– Cela n'existe pas. Enfin pas encore... Mais vous connaissez tous la tradition des padyatras*. Le Mahatma a organisé plusieurs de ces marches pour mobiliser les Indiens contre les Britanniques. Il faudrait organiser un padyatra avec les habitants de Sitapura. On pourrait préparer des slogans et des pancartes avec des messages percutants sur le thème de l'eau. L'objectif serait de défiler dans plusieurs villages en espérant qu'ils viennent se joindre à nous. S'il y a suffisamment de monde, je pense que les habitants de Nagar se sentiront obligés de suivre. Et nous les amènerons tous, à la fin, devant le réservoir d'Ann Sagar. Là, il n'y aura pas besoin de longs discours : ils verront bien la différence !

Alam s'exclame, enthousiaste :

– Je ne sais pas où tu vas pêcher tes idées mais là, je crois que tu vas leur en boucher un coin ! C'est sûr que si on arrive à les faire venir jusqu'ici, la partie est gagnée !

Les filles, qui se sont tues jusqu'ici, proposent de s'occuper des slogans et des pancartes. Avec les garçons, nous décidons d'organiser un conseil exceptionnel pour persuader les gajdharis et les habitants de Sitapura de nous suivre. Nous avons un argument de poids. Tous ont des parents dans les villages avoisinants qui crient famine et demandent qu'on les aide.

*
**

Le jour de la fête de Devuthni Ekadashi, j'empoigne le porte-voix pour lancer le départ de la marche.

J'ai mal dormi. Le sarpanch m'a fait savoir la veille qu'il désapprouvait cette idée de padyatra. Cela a jeté le trouble dans mon esprit. Je ne suis pas du tout sûr de l'accueil que nous allons rencontrer dans les autres villages. J'essaie de ne rien laisser paraître de mon trouble en m'adressant aux habitants de Sitapura :

– Merci d'être venus si nombreux ! Nous avons tous des parents qui souffrent aux alentours. À nous de les convaincre qu'ils peuvent changer la situation comme nous l'avons fait ici. Allons d'abord en direction d'Avar !

Je lance le mouvement. Les filles entonnent un chant populaire dont elles ont remanié les paroles. Les Rajputs distribuent des banderoles aux volontaires. Lentement, un long serpentin se forme, avançant en haut des digues de terre. Les villageois scandent fièrement :

– Tous ensemble pour le combat de l'eau !

Les participants reprennent le slogan, avec plusieurs secondes de décalage, pour ceux qui ferment la marche.

Arrivés à Avar, je marque une pause pour laisser le temps à la colonne de se reformer. Alertés par le bruit des clameurs, les habitants sortent un à un de leurs maisons, stupéfaits. Quand ils comprennent l'objectif de notre marche, ils ne tardent pas à se mêler à notre mouvement.

La caravane s'ébranle de nouveau, les hommes en tête, suivis des femmes. Le cortège traverse ainsi une dizaine de villages, jusqu'à Nagar. Chaque fois, de nouveaux manifestants viennent grossir la troupe, gagnés par un enthousiasme contagieux.

Une jeune fille de petite taille, à la peau très foncée, aborde Asmita qui crie à tue-tête un nouveau slogan, avec Jeero qui lui donne la main :

– Les arbres sont nos frères : protégeons-les !

– Je m'appelle Ramkanya. Je viens d'Avar, dit-elle, volubile. Quelqu'un m'a dit de m'adresser à toi.

– Vraiment ? lui répond Asmita, très étonnée.

– Oui ! Les femmes ont l'air très engagées et respectées chez vous. Comment avez-vous fait ?

– Nous avons demandé à participer au shram daan. En travaillant, forcément, on parle. Les hommes ont compris que nous étions très concernées par l'eau. Mais pourquoi me poses-tu cette question ? demande Asmita, peu habituée à donner des conseils.

– C'est formidable tout ce que vous avez réussi à changer ! lance Ramkanya, rêveuse. Je voudrais faire la même chose chez nous.

Le retour à Sitapura, après des heures de marche dans une campagne brûlée et assoiffée, ressemble à un mirage. Une vraie oasis en plein désert !

Les villageois des environs sont saisis par le spectacle des arbres verts, des champs moissonnés et d'Ann Sagar encore rempli d'eau. Je fais signe à tous de s'arrêter et prend la parole devant le temple de Shiva qui a été orné de drapeaux pour la fête des bassins :

– Merci à tous d'avoir marché jusqu'ici, en particulier à vous qui venez d'autres villages. Nous avons conscience de ce que vous êtes en train de vivre. Nous l'avons nous-mêmes vécu !

Je laisse passer quelques secondes de silence, pour permettre à chaque habitant de Sitapura de se souvenir.

– Tous, nous nous sommes demandé si nous devions partir, en croyant qu'une malédiction pesait sur notre région. Mais nous avons compris que nous pouvions agir. Depuis des siècles, notre peuple avait appris à apprivoiser l'eau, à en atténuer les caprices. C'était le rôle des gajdharis d'enseigner ce savoir-faire. Toute la population participait aux travaux nécessaires pour récolter l'eau. Et nous allions perdre une expérience si essentielle ?

Si les récoltes ont triplé ici, c'est grâce à nos anciens qui nous ont guidés pour réparer notre réservoir, recreuser des canaux de drainage et d'irrigation, désenvaser les puits, des travaux d'entretien abandonnés depuis une vingtaine d'années. Ce que nous avons fait, vous pouvez le faire. C'est le but de ce padryata de vous encourager à créer vos propres comités de gestion de l'eau ! À reprendre votre destin en main !

Les acclamations de la foule répandent une onde d'espoir incroyable dans toute la campagne. Bouleversé, je comprends que je n'ai pas le droit de les décevoir. Ce que j'ai fait pour Sitapura, je dois le faire aussi pour eux.

Chapitre 13

L'ARRESTATION

Le retentissement du pèlerinage de l'eau a dépassé notre voisinage immédiat, pour le meilleur et pour le pire.

Des rumeurs circulent, alimentées par les amis du sarpanch, déformant l'ambition réelle de notre action. Ils laissent entendre que je veux profiter de la désertification pour remettre en place des pratiques archaïques et restaurer mon autorité de raja. L'échec de l'expérience menée sur les pâturages a été cuisant pour eux et les fermiers, furieux, ne se privent pas de les couvrir de leurs sarcasmes.

Les Rajputs me poussent à réagir, prêts à en découdre. J'essaie au contraire de les calmer et de les convaincre que notre meilleure défense sera de réussir l'extension de notre modèle dans les autres villages.

Mais, un incident anodin vient mettre le feu aux poudres...

En fin de matinée, alors que nous sommes occupés avec des volontaires à planter des arbres, nous sommes surpris par les hurlements du père de Ramkaran, qui accourt, hors de lui.

– Dépêchez-vous de rameuter du monde. Il va y en avoir besoin ! Un bûcheron est en train de couper du bois, en bordure des champs.

– Qui ? demandons-nous en même temps Ramkaran et moi.

– Je n'en sais rien ! Je ne le connais pas !

– Montrez-moi où il est, dis-je d'un ton calme et ferme. Nous allons lui demander de quel droit il coupe nos arbres.

Nous suivons le fermier d'un pas décidé. L'homme n'a pas bougé et continue à scier un tronc d'arbre de taille moyenne.

Je l'interpelle avec autorité :

– Excusez-moi, monsieur ! Pouvons-nous savoir de quel droit vous coupez cet arbre ?

Le bûcheron poursuit sa besogne.

– On vous a parlé ! lui rappelle le père de Ramkaran.

– Je fais le boulot qu'on m'a demandé ! dit-il sans s'émouvoir.

– Et qui donc vous a commandé de couper du bois ?

L'homme me répond, plein de morgue :

– Je n'ai pas à vous le dire ! Ce ne sont pas vos affaires...

– Écoutez, monsieur. Vous l'ignorez sans doute mais nous sommes en plein programme de reforestation à Sitapura. La préservation de nos arbres est capitale pour éviter le ravinement. Vous comprenez donc que nous ne pouvons vous laisser faire sans rien dire !

– Attention ! avertit simplement le bûcheron avant que l'arbre ne commence à vaciller et à s'affaisser sur le sol dans un bruit amorti de feuilles.

Alors qu'il commence à tronçonner l'arbre abattu, je saisis la scie par derrière.

– Hé ! Mais c'est que vous commencez à m'échauffer sérieusement les oreilles ! s'écrie-t-il en lâchant brutalement la scie.

Excédé, il s'éloigne en direction du village.

– Qu'est-ce qu'on fait ? demande le fermier, interdit par la scène dont il vient d'être témoin.

– Rentrons, mais je garde la scie ! dis-je, convaincu de mon bon droit.

Quand nous arrivons à la hauteur des potagers, le bûcheron vient à notre rencontre, suivi de monsieur Ghesu, du sarpanch et de deux policiers.

– C'est lui ! déclare l'homme en me désignant du doigt. Regardez ! Il a même volé ma scie !

– Tiens, tiens... marmonne monsieur Ghesu avec une expression de contentement non dissimulée. Alors, monsieur Lal continue à jouer les grands justiciers ? Et de quel droit, s'il vous plaît ? Savez-vous que vous vous êtes opposé à un agent de l'administration ?

Le sarpanch, plus habile, simule la contrariété.

– Je suis désolé Ramjee mais là, vous allez trop loin ! Passe encore vos cérémonies pour protéger les arbres, le pèlerinage de l'eau ou que sais-je encore. Vous ne faites de tort à personne... Mais Monsieur Ghesu peut parfaitement céder le droit de coupe de ses arbres à un agent public, que cela vous plaise ou non !

– Même si cela a des conséquences pour l'ensemble du village ? demandé-je, sans me laisser impressionner.

Cela fait des mois que je redoute cette confrontation avec le sarpanch. Mais curieusement, je me sens étrangement libre face au représentant de l'autorité.

– Emprisonnez-le ! commande le chef du village aux policiers.

– Comme vous voudrez ! Vous savez très bien que je n'agis pas pour moi-même, mais pour la sauvegarde de notre village.

– La sauvegarde de notre village ! répète en écho monsieur Ghesu. Il n'a que ce mot-là à la bouche !

Ramkaran et son père ne savent comment réagir face aux forces de l'ordre. Impuissants, ils me regardent partir, pressé sans ménagement par les deux hommes.

*
**

Je vois le jour décliner doucement à travers les barreaux de la prison. L'ouverture est si petite que l'air est suffocant à l'intérieur. Assis sur le sol en terre battue, je repense à la déposition faite devant le commissaire de police.

Le délai pourra être long avant qu'elle arrive jusqu'au tribunal de Jaipur pour être jugée. Mais cela ne m'inquiète pas. Je suis prêt à aller jusqu'au bout de mon combat pour que soit respecté le bien commun. Et je sais que la majorité de la population de Sitapura devrait me soutenir. Or le gouvernement du Rajasthan tranche généralement en faveur du parti susceptible de lui rapporter le plus de voix aux prochaines élections.

Je crains en revanche que les travaux ne prennent du retard si je ne suis plus capable de les superviser ou d'insuffler mon enthousiasme. La nature est un maître intransigeant qui n'attend pas ! Le temps s'étire et je commence à m'étonner de l'absence totale de réaction des rajputs ou de ma famille.

Comment se fait-t-il que Ramkaran n'ait rien tenté depuis l'accrochage de ce matin ? A-t-il pris peur ? Et mes parents, ils doivent être au courant, à présent. Pourquoi ne sont-ils pas encore venus me voir ? J'espère qu'on ne leur a pas raconté n'importe quoi à mon sujet !

Alors que je rumine ces sombres pensées, une rumeur attire mon attention. Je m'approche de la fenêtre et me hisse sur la pointe des pieds pour essayer de comprendre ce qui se passe dehors. Sur ma gauche, j'aperçois une foule compacte qui s'est massée devant la porte du commissariat. Je suis bouleversé ! Cher Ramkaran !

Maman ne m'apprendra que plus tard comment, sitôt après mon arrestation, il avait accouru au palais avec son père, pour donner à mes parents la vraie version des faits avant que les autorités ne s'en chargent.

Toute la journée, ils avaient discrètement prévenu tout le monde, les rajputs, les gajdharis, les volontaires et même le journaliste de la gazette de Nagar ! C'est ainsi que tous se trouvent ici, ce soir. De mon point d'observation, je reconnais le profil de rapace de monsieur Gujjar qui met ses mains en porte-voix et s'écrie :

– Monsieur le commissaire ! Ceci est un avertissement : nous ne partirons pas tant que vous n'aurez pas libéré Ramjee Lal ! Libérez Ramjee Lal !

Toutes les voix reprennent en écho :

– Libérez Ramjee !

Le commissaire ouvre la porte, nerveux, ne sachant quelle attitude adopter. Impressionné par le nombre d'habitants mobilisés qui se pressent devant la prison, il demande à l'un de ses agents d'aller chercher, de toute urgence, le sarpanch.

Ce dernier arrive quelques minutes plus tard et se fraie un passage jusqu'à la tête du mouvement de protestation.

– Votre revendication est irrecevable ! Ramjee Lal doit-être jugé. Monsieur Ghesu est propriétaire de son terrain. Il a le droit de l'exploiter comme bon lui semble !

Une clameur de protestation s'élève.

– Libérez Ramjee tout de suite !

Un homme se faufile jusqu'au sarpanch :

– Pourquoi laisser s'envenimer la situation en faisant intervenir la justice ? demande une voix posée qui contraste étrangement avec le ton acerbe des paroles entendues jusque-là.

– Monsieur Benni !

Je reconnaîtrais sa voix entre mille...

– Nous n'avons aucun avantage à créer des tensions dans le village, reprend tranquillement le conseiller du sarpanch. Ne sommes-nous pas capables de régler ce différend entre nous ? Les habitants, en se mobilisant ce soir, n'expriment-ils pas clairement qu'ils soutiennent l'action de Ramjee Lal ? Incontestablement, elle a permis d'enrayer l'avancée du désert. Les récoltes sont là pour le prouver. Nous pouvons donc, au nom du bien commun, imposer une limite au droit individuel. Si la coupe des arbres porte préjudice à l'ensemble de la communauté, elle doit être sanctionnée.

– Oui ! Oui ! approuvent les Rajputs relayés par la foule.

Le sarpanch, fou de rage devant le succès de la plaidoirie de monsieur Benni, répond par un sarcasme :

– J'ignorais vos talents d'avocat, monsieur Benni !

Il se tourne alors vers le commissaire et ordonne, l'air résigné.

– Relâchez le prisonnier. Nous n'allons pas passer là toute la nuit !

Au moment de sortir de la prison, je suis surpris par la lumière d'un flash.

– Puis-je vous interviewer ? me demande le journaliste qui vient de prendre la photo.

Chapitre 14

ASHOKA

Ashoka… Ce nom m'est parfaitement inconnu. Il va pourtant bouleverser mon entreprise en lui donnant un sérieux coup d'accélérateur.

Quelques jours plus tard, alors que je rentre au palais, ma mère m'appelle depuis le salon vert :

– Ramjee ! Il y a une lettre pour toi !

Peu habitué à recevoir du courrier, je me demande qui peut bien m'écrire. Peut-être Jabvir qui me donne des nouvelles de Jaipur ? Il me manque tellement ! Quand j'arrive dans la pièce, je découvre, affichée bien en évidence sur le mur, ma photo dans le journal de Nagar.

– Oh non, maman ! Il ne fallait pas… C'est ridicule.

Déçue, elle répond :

– Je pensais que cela te ferait plaisir après ce qui est arrivé, mais si tu n'aimes pas, je vais l'enlever. Je la garderai en souvenir. Tiens, voici la lettre.

Tandis qu'elle retire la photo du mur, je m'installe sur une chaise pour lire.

Delhi, le 24 novembre 1981

Cher Monsieur,

Je suis responsable de l'association internationale Ashoka, à Delhi, chargée de repérer des projets sociaux innovants.

J'ai lu avec intérêt l'article relatant les événements de Sitapura dans le journal de Delhi. Je suis heureux que tout se soit arrangé pour vous. J'ai été impressionné d'apprendre que, grâce à votre travail, les récoltes avaient triplé par rapport à la normale, alors que le Rajasthan semblait condamné à la désertification.

Notre fondateur, monsieur Bill Drayton, actuellement de passage en Inde, souhaiterait vivement vous rencontrer. En effet, nous avons de bonnes raisons de croire que vous correspondez au profil des personnes que nous soutenons. Nous pourrions vous aider à étendre votre action de manière significative. Je joins à ce courrier une plaquette présentant Ashoka.

En espérant que vous serez disponible pour recevoir notre président à Sitapura, recevez, cher Monsieur, nos meilleures salutations.

Monsieur Rahman

Je n'en reviens pas que la nouvelle de mon arrestation et de ma libération soit arrivée jusqu'à Delhi !

Le cœur battant, je consulte le dépliant sur Ashoka. Je découvre que c'est le nom d'un prince indien qui a été un remarquable réformateur social pour son époque, il y a huit mille ans. Cette information suscite chez moi un sentiment immédiat de sympathie. Le nom de l'association a été choisi par un Américain, Bill Drayton, l'homme qui veut me voir. Après avoir dirigé l'une des plus prestigieuses agences de conseil pour les entreprises, il s'est retiré, convaincu qu'il avait mieux à faire.

« Il faut réconcilier l'économie et le social », écrit-il.

Je comprends mal le rapport avec notre travail à Sitapura. L'économie, le social… Ce sont pour moi des grands mots dénués de sens, de réalité. Un peu refroidi, j'essaie de comprendre la suite, mais le langage devient trop abstrait. Il est question de « problématique », de « stratégie », autant de notions qui me sont complètement étrangères. Allez, me dis-je malgré tout. Rencontrons ce Bill Drayton ! Je n'ai rien à perdre ! Au pire, je n'obtiendrai rien. Et cette pensée me galvanise immédiatement.

Ma mère, intriguée par la brochure d'Ashoka, jette un coup d'œil pardessus mon épaule.

– Qu'est-ce que c'est ?

– C'est incroyable, maman ! Une association internationale s'intéresse à notre expérience de Sitapura. Le président d'Ashoka, un Américain, demande s'il peut venir ici.

Impressionnée, elle répète :

– Ici ? Mais, personne ne parle anglais !

Vexé, je réalise que la traduction risque effectivement de me poser problème.

– Je vais demander à Jabvir s'il peut prendre un congé exceptionnel. Je ne peux pas manquer une telle occasion.

Trop heureux de cette occasion inattendue de revenir à Sitapura et de m'aider, Jabvir réussit à se libérer. Il donne rendez-vous à Bill Drayton devant son lycée et ils font le voyage ensemble.

Je les accueille sur l'esplanade du palais, impatient de découvrir le nouveau venu.

J'imaginais l'Américain avec un gros cigare, arrogant et un peu supérieur. L'homme qui descend de la voiture est au contraire frêle et timide, incroyablement prévenant et discret. Son visage fin est adouci par des cheveux blonds aux reflets roux, sagement séparés par une raie de côté. Derrière des lunettes en fer-blanc percent des yeux bruns, extrêmement attentifs. Il me fait penser à un professeur d'université.

– Monsieur Ramjee Lal ? dit-il en tendant sa main blanche, puis, se ravisant, saluant d'un léger signe de tête, à l'indienne. Je suis si heureux de vous rencontrer !

Ce n'est pas une formule de politesse. Je le sens.

Déconcerté, je le fais avancer vers un petit bureau que je me suis aménagé.

– Excusez-nous ! Ce n'est pas très luxueux, mais cela nous suffit pour travailler !

Jabvir traduit et le visage de mon interlocuteur s'éclaire :

– Vous avez mille fois raison, approuve-t-il, ce ne sont pas les bureaux qui font les bons projets.

Chacune de ses paroles sonne étonnamment juste. Son langage est mesuré : pas un mot de trop. Comment cet homme peut-il s'intéresser à nous ? Comme s'il lisait dans mes pensées, monsieur Drayton m'explique le plus simplement du monde :

– Monsieur Lal, j'ai lu la note écrite par monsieur Rahman. Vous appartenez incontestablement à la grande famille des entrepreneurs sociaux.

Voyant que je ne saisis pas, il développe cette expression :

– Madame Nightingale* pour l'éducation à la santé, Jean Monnet* pour l'Europe, chacun dans son genre a imprimé un profond changement à son époque, remédiant à des situations considérées jusqu'ici comme normales ou inchangeables. En osant défier l'ordre établi, vous avez réussi à changer le consensus qui s'était installé pour dire que le Rajasthan était condamné à la désertification et ses habitants à fuir. Quand j'ai réalisé que vous n'aviez même pas dix-huit ans, j'ai souhaité vous rencontrer car nous soutenons des personnes comme vous.

Interdit, je me demande s'il n'y a pas erreur sur la personne. Qu'ai-je en commun avec le père fondateur de l'Europe ?

– Pourquoi faites-vous cela ? demandé-je.

– Regardez toute l'énergie déployée depuis le XIXe siècle pour créer de la richesse, de nouveaux produits avec toujours plus de profit. C'est important. Mais combien sont exclus du système ? Pourquoi ne mettrait-on pas la même énergie créatrice pour aider les hommes à mieux vivre ? Personnellement, c'est ce qui me motive.

– Je partage votre motivation, mais comment faites-vous ?

– Je suis parti de ce que je savais faire : créer un réseau international pour conseiller des personnes comme vous. Mon travail consiste à les repérer au moment où ils en ont le plus besoin.

– Que voulez-vous dire ?

– Prenons votre exemple, si vous le voulez bien. Vous êtes en train d'étendre votre idée à d'autres villages. Mais d'autres régions ont besoin de votre expérience. Comment aller plus loin ? Vous êtes jeune. Vous souhaitez probablement fonder une famille. Comment ferez-vous pour vivre de ce travail, en faire un vrai métier ?

– Je me suis déjà posé la question, avoué-je. Je me rassure en pensant que je pourrai toujours vivre de l'agriculture, mais je crois que c'est incompatible avec ma charge actuelle.

– Cela ne m'étonne pas une minute. Et pourtant, sans votre intervention, des centaines de familles auraient dû tout vendre et partir à la ville. Cela ne vaut-il pas un salaire ? Avec Ashoka, nous proposons d'évaluer dans un premier temps votre potentiel, celui de votre idée. Si elle correspond à nos critères, nous vous offrons trois ans de rémunération pour que vous puissiez vous consacrer totalement au développement de votre projet. Vous aurez aussi accès à notre réseau d'experts, aux rencontres organisées avec d'autres entrepreneurs. L'objectif est de démultiplier votre capacité d'action et, pourquoi pas, de l'étendre à d'autres continents. La bonne volonté, la générosité sont indispensables, mais insuffisantes.

Quelle bonne étoile a guidé cet Américain jusqu'ici ? Je réalise la chance incroyable qui m'est offerte.

– Et quand pensez-vous pouvoir me... tester ? demandé-je, hésitant. Je n'ai jamais aimé les examens.

– Dans deux jours, si cela vous est possible ? Ce sera une première rencontre. Le processus d'évaluation s'étale sur neuf mois. Nous viendrons à trois, accompagnés de notre responsable Ashoka de Delhi. Il pourra assurer la traduction, ajoute-t-il en souriant à Jabvir.

Voyant que cette dernière précision m'a embarrassé, il ajoute :

– Nous ne demandons pas à nos candidats d'être bardés de diplômes. Nous voulons juste vérifier leurs qualités d'entrepreneur.

« Entrepreneur ». Je répète ce mot après le départ de monsieur Drayton, me demandant si j'appartiens bien à cette catégorie d'hommes !

Chapitre 15

LE TEST

– Les gens de la ville sont arrivés ! J'ai vu leur voiture ! s'écrie Jeero en faisant irruption dans la cour du palais.

L'arrivée de l'équipe de monsieur Drayton crée l'effervescence dans Sitapura.

– Ramjee ! me reproche ma mère, en m'interceptant juste au moment où je sors accueillir mes hôtes. Nous aimerions savoir ce que viennent faire ces étrangers. Tu cours partout et tu ne nous dis rien !

– Mais je vous l'ai déjà dit, maman. Ils veulent en savoir plus sur l'économie de l'eau ! C'est tout !

J'ai fait exprès de rester très évasif auprès de mes parents et amis pour expliquer cette « invasion ». La vérité, c'est que je ne veux pas qu'ils sachent qu'il y a un enjeu d'argent à la clé. J'ai toujours détesté les examens et je crains d'être recalé.

Un peu contracté, je fais entrer mes examinateurs dans mon minuscule bureau, essayant de trouver tant bien que mal un siège pour chacun. Je n'ai pas la moindre idée de la manière dont se déroule le test.

Monsieur Drayton, après avoir fait les présentations de ses deux assistants, me met à l'aise :

– Nous sommes là pour comprendre le problème, la solution que vous avez imaginée et son application. Comme vous vous en doutez, ce n'est pas en une journée que nous pourrons faire le tour de la question. Il nous faudra revenir à des moments clés, comme la mousson, ou le pèlerinage de l'eau si vous pensez le reconduire. Nous avons également besoin d'interroger tous ceux qui ont collaboré au projet ainsi que vos proches. Leur point de vue est important.

En l'écoutant, je mesure que ce n'est pas une affaire traitée à la légère, l'histoire d'un « mauvais quart d'heure ». Mais nous savons être patients en Inde. S'il faut en passer par là, je me sens prêt comme je ne l'ai jamais été pour aucun examen.

– Qu'attendez-vous de moi aujourd'hui ? demandé-je.

– Nous voudrions entendre votre histoire depuis le commencement, si vous le voulez bien !

Je rapporte seulement les grandes étapes. Chacun prend des notes. Je suis heureux et fier de raconter pour la première fois mon aventure. Je me sens écouté et compris.

À la fin du récit, mes examinateurs dressent une liste des personnes à interviewer. Elle est impressionnante : mes parents, mes frères et sœurs, les ingénieurs de l'eau, les Rajputs, les chefs des autres villages, mes camarades, mes anciens professeurs. Il n'y a guère que les bêtes qui soient dispensées ! Toute ma vie est passée au peigne fin. Chacune de mes idées est examinée. Est-elle pertinente ? Novatrice ? Reproductible ailleurs ? Si mon cerveau est souvent en ébullition, j'ai l'impression cette fois d'être entré dans le presse-agrumes du marchand de jus d'orange. Vais-je résister à ce traitement ?

Curieusement, oui ! Chaque visite de l'équipe m'apporte énormément : j'accueille avec joie les questions les plus pointues, percevant qu'elles me font gagner du temps et m'obligent à anticiper les obstacles. J'aurais rêvé d'avoir de tels professeurs à l'école ! J'écoute aussi avec attention les points de vue de mon entourage. Leur perception m'intéresse et me surprend parfois.

La mousson arrive. Elle est plus courte cette année-là. L'interrogatoire se poursuit sous la pluie, en compagnie de mes équipes. Sur le chemin, l'un des examinateurs demande à monsieur Gujjar :

– J'aimerais savoir ce que vous pensez de monsieur Lal. Comment se fait-il que vous ayez accepté de suivre un garçon aussi jeune ?

Flatté d'être interrogé, monsieur Gujjar répond :

– Nous avons voulu travailler avec lui parce qu'il a le talent de son grand-père. Il se préoccupe des gens. Qu'ils aient du travail, à manger...

– Mais, dans un monde moderne, pensez-vous réellement que ces techniques traditionnelles ont un avenir ?

– Oui ! Je crois que les traditions nous aident à vivre et que nous avons eu tort de les oublier.

– Et vous, poursuit l'homme en se tournant vers Ramkaran. Qu'est-ce qui vous a poussé à aider monsieur Lal ?

Sans hésiter, le jeune Rajput s'exclame :

– Son exemple. Avant, il y avait une très mauvaise ambiance dans le village. Nous avions faim. Il a ramené la paix et la confiance en nous montrant qu'il y avait un chemin.

– Vous pensez donc faire votre vie ici ?

Un peu déçu, je sens la voix de Ramkaran fléchir :

– Je ne sais pas encore... Il faut que je voie.

Sentant que le terrain est un peu glissant, un assistant revient à des questions plus techniques :

– Un réservoir pour tout le village, est-ce suffisant par rapport à vos besoins ? Avez-vous quantifié la quantité d'eau consommée sur une année ?

Le visage dégoulinant, je réponds :

– Non ! Je n'ai pas calculé précisément notre consommation annuelle, mais nous sondons régulièrement les puits. Je sais que les réserves sont insuffisantes pour supporter une année de sécheresse. Je voudrais créer un second bassin réservé aux champs et au bétail.

Pour le deuxième pèlerinage de l'eau, monsieur Drayton tient à venir. Il prend avec moi la tête du cortège, un peu emprunté quand je l'encourage à porter avec moi l'une des bannières. Entre deux slogans, j'ai droit à une nouvelle salve de questions :

– Pourquoi avoir organisé un pèlerinage ?

– Autrefois, les gens le faisaient en priant. Là, c'est pour remercier d'avoir de l'eau et encourager tous les villages à faire des réserves.

– Votre démarche est très liée aux traditions du Rajasthan. Est-ce transposable dans une autre culture ?

– Je crois que oui, crié-je pour couvrir le bruit de la foule. L'important est de faire passer le message auprès des populations locales, de reprendre des symboles qui seront compris par tous. Que ce soit l'idée du pèlerinage ou autre chose, peu importe.

Enfin, le jour de l'examen final arrive. Deux heures d'entretien avec cinq experts successifs : experts scientifique, environnemental, social, financier, expert en organisation. Cette fois, le bureau est trop exigu.

Je demande à ma mère si nous pouvons nous installer dans le salon du palais. Enchantée de reprendre la main sur une situation qui lui échappe depuis plusieurs semaines, elle déploie tous les trésors de l'hospitalité pour satisfaire les nouveaux venus : thé, friandises, sodas. Délicatement, je lui fais signe de nous laisser. Une femme, chargée de valider l'aspect social de mon action, la retient.

– Ne partez pas tout de suite, madame Lal. Si vous le permettez, j'aimerais vous poser une question, Avez-vous l'impression que votre fils est différent des autres garçons de son âge ?

Ma mère me regarde, quêtant mon accord pour pouvoir parler. Surpris de la sentir intimidée, je la rassure d'un sourire.

– Oui, je crois ! commence-t-elle. Depuis tout petit, il s'est toujours senti responsable du bonheur des autres. Il ne peut pas être heureux si les autres ne le sont pas.

Son interlocutrice la remercie brièvement. Ma mère se retire en me jetant un regard d'excuse, craignant d'avoir donné une mauvaise réponse.

La dernière interview est dirigée par monsieur Drayton en personne. Avec lui, je retrouve le mode de discussion, direct et familier, que j'aimais avec mon grand-père.

– Comment avez-vous réagi lorsque vous avez été arrêté ? attaque-t-il, sans préambule.

– D'abord, j'ai été surpris que personne ne réagisse. Mais je savais que la majorité des habitants me soutenait et avait besoin de moi. J'ignorais quand, mais j'étais sûr qu'ils finiraient par faire quelque chose.

– Mais que pensez-vous dans ce genre de situation. Oui, dites moi tout ce qui se passe dans votre tête. J'ai besoin de comprendre ! Avez-vous eu peur ?

– Non ! Vraiment, je n'ai pas eu peur. J'étais ennuyé car je sais que la justice peut être très lente chez nous et que cela risquait de retarder le chantier.

– Et n'avez-vous jamais été tenté d'abandonner ?

– Abandonner n'est pas le bon terme. J'ai été tenté d'arrêter lorsque je croyais mon action terminée. Il m'a fallu du temps pour comprendre que j'étais entraîné beaucoup plus loin que je ne l'avais imaginé au départ. C'est grâce à vous, en fait, que j'ai compris que ce serait probablement le travail de toute une vie. Jusqu'ici, je ne savais pas que c'était un métier, un vrai travail.

– Comprenez-vous, Ramjee, pourquoi je vous pose cette question ?

– Je suppose qu'un entrepreneur ne doit pas avoir peur des obstacles pour surmonter une situation difficile. J'ai souvent l'image d'une course en montagne dont il faut franchir les paliers. Je ne suis plus étonné aujourd'hui de découvrir que je ne suis pas encore arrivé au sommet. Je garde les yeux fixés vers le haut, mais je continue à monter.

– Qu'est-ce qui vous permet de tenir, de ne pas vous décourager ?

– Mon frère, les Rajputs, les ingénieurs traditionnels. Je sais que je peux compter sur eux parce qu'ils ont compris l'enjeu de notre action.

– Dernière question : aviez-vous rêvé, petit, de changer le monde ?

– Ce n'était pas un rêve. Mon grand-père m'a enseigné que si je pouvais faire quelque chose pour les autres, je devais le faire tout de suite. C'est comme cela que j'ai fonctionné depuis tout petit !

Monsieur Drayton semble satisfait. Il termine l'entretien en modérant mon optimisme :

– Vous savez que vous êtes plusieurs candidats à être évalués. Je dois avouer que je suis impressionné par la qualité des projets. Cela s'explique peut-être par l'ampleur des défis qui se posent en Inde et par la richesse de votre culture. Nulle part ailleurs je n'ai vu un tel attachement aux valeurs traditionnelles en même temps qu'une ouverture au monde extérieur ! Vous êtes bien le seul peuple à résister à l'influence américaine, à rester attachés à votre habillement, à votre nourriture, à vos films. Nous ne pourrons retenir que les meilleurs. En tout cas, j'ai été heureux de vous connaître, Ramjee. Bonne chance !

*
**

Le verdict est rendu à Delhi, dans les locaux d'Ashoka Inde. Je me retrouve assis avec les autres candidats, comme pour les résultats d'un concours. Mes parents et Jabvir m'ont accompagné. Je suis tout à coup beaucoup moins sûr de moi. Je dévisage ces hommes et ces femmes, qui sont mes concurrents, en même temps que mes semblables. Quelle est leur histoire ? Leur idée nouvelle ? A-t-elle des remontées plus importantes que la mienne ?

Le responsable d'Ashoka en Inde, monsieur Rahman, appelle d'abord une ancienne femme d'affaires qui paraît toute jeune. Elle a créé un numéro vert pour les enfants des rues, si nombreux en Inde. Par ce biais, elle repère ceux qui sont en difficulté, leur permet de trouver à toute heure du jour et de la nuit des interlocuteurs capables de les aider, dans tous les domaines possibles. Vient le tour d'un docteur, un vieillard aux cheveux blancs fortement handicapé, qui révolutionne le système de santé en créant des soins gratuits pour les plus pauvres. De plus en plus impressionné par la qualité des lauréats, je perds tout espoir :

« Tu as essayé ! C'est l'essentiel ! » me répété-je pour me consoler.

Mais on vient de prononcer mon nom. Mes parents, bouleversés, me serrent dans leurs bras.

– Nous sommes tellement fiers de toi, mon fils ! me chuchote ma mère à l'oreille. Ton père avait raison de te laisser faire.

Je marche comme dans un rêve pour recevoir l'enveloppe contenant le premier salaire de ma vie ! Mes parents n'en reviennent pas car je m'étais bien gardé de leur dire qu'il y avait de l'argent en jeu dans cette nomination. Je me tourne vers Jabvir, rayonnant :

- Vieux frère ! Je n'oublierai jamais ce que tu as fait pour moi.

Une photo de la nouvelle famille Ashoka est prise à Agra, devant le Taj Mahal, le monument le plus emblématique de l'Inde. Merveilleux d'équilibre, de pureté avec son marbre blanc, j'admire son reflet dans les bassins. Rêve d'amour du prince Chah Djahan pour sa femme brutalement décédée, il devient pour moi le symbole de l'accomplissement de mon propre rêve.

Chapitre 16

LE MARIAGE

Mon succès a fait grand bruit à Sitapura et dans les environs avec des conséquences imprévues : on commence à parler mariage dans mon dos, à comploter pour savoir qui sera l'heureuse élue.

Au début, cela m'amuse d'être au centre des conversations. Tous les garçons de mon âge doivent un jour en passer par là. Depuis notre plus tendre enfance, les grandes personnes rêvent à ce sujet, inventant tous les couples possibles et imaginables !

Pour nous, indiens des campagnes, les histoires d'amour sont déconnectées de la réalité du mariage. Ce sont deux choses distinctes : dans le meilleur des cas, il est possible de concilier les deux, mais ce n'est pas une obligation. Avec Asmita, j'ai su dès le début qu'elle ne serait jamais ma femme et cela ne m'a pas empêché de l'aimer !

En Inde, les tractations pour les mariages sont avant tout une affaire de femmes. Ma mère y tient le premier rôle, ravie et sûre de son pouvoir. Elle reçoit la visite de plusieurs connaissances proches ou lointaines. Sur les tapis multicolores, on sert le thé, on papote, puis les choses sérieuses peuvent commencer. Les invitées sortent horoscopes et photos de leur progéniture, parée de leurs plus beaux atours. Ma mère examine les visages, les compare. On aborde le sujet crucial de la dot.

À aucun moment, je n'ai voix au chapitre. Ce ballet incessant m'exaspère. Même si c'est la fille qui apporte la dot en Inde, ma distinction par un organisme occidental fait de moi un bon parti. Je ne suis pas dupe de ce brutal intérêt. À présent, j'ai hâte d'être fixé et de pouvoir de nouveau me concentrer sur mon travail. Je brûle de tester les nouvelles orientations élaborées avec Ashoka : la création du second bassin, un programme de formation pour les jeunes.

Après de multiples conciliabules, le choix tombe sur une jeune inconnue qui habite dans le district d'Alwar, à l'est du Rajasthan. Nous entrons dans la période frénétique des préparatifs de mariage. Je vais essayer diverses tenues dans les meilleures boutiques de Jaipur, sous l'œil avisé de ma mère. Il faut dire que les mariages au Rajasthan ont conservé un faste peu commun ! En me contemplant dans le miroir, je peine à me reconnaître, habillé d'un long manteau de soie couleur ivoire, coiffé d'un turban dans les mêmes tons incrusté de pierres semi-précieuses. Je ressemble aux portraits de nos ancêtres accrochés dans l'entrée de notre palais familial.

Les cuisinières fourgonnent toute la journée pour garnir les larges plateaux de cuivre d'un bel assortiment de friandises, sucrées ou salées. Le jour du mariage est arrêté par un astrologue qui calcule la meilleure conjonction possible entre ma date de naissance et celle de ma promise.

*
**

La famille élargie, les amis organisent un convoi jusqu'à Alwar. De nuit, on me fait monter sur un bel étalon blanc, également paré d'une couverture de soie, tel le prince charmant qui va enlever sa belle. En procession, éclairés par des candélabres portés à main d'hommes, escortés d'un orchestre de cuivres et de danseurs, nous remontons les ruelles escarpées, les femmes en tête, portant les plateaux de la fête, suivies des hommes.

Je suis un peu ému en approchant de la maison de ma belle-famille. Ma fiancée attend, toute parée de rouge et d'or, assise telle une princesse, couverte de bijoux, le visage voilé, les mains entièrement décorées de henné. Lentement, je relève le tissu de soie sous les acclamations des convives. Je suis frappé par la tranquille confiance de son regard. Rien de la timidité ou de la soumission habituelle des femmes de mon entourage. Elle me regarde, les yeux dans les yeux, avec un sourire pétillant et malicieux. Me voilà un peu rassuré pour l'avenir : j'ai eu tellement peur que ma future femme ne soit ennuyeuse !

Je tends la main à ma fiancée qui se lève, pour tourner sept fois, avec moi, autour du feu. Quelle n'est pas ma stupeur de constater qu'elle me dépasse en taille ! Ma mère a soigneusement examiné les traits du visage mais oublié de vérifier ce détail ! Pourtant, je ne suis pas encore au bout de mes surprises...

Nous nous installons à la table du banquet. Mes beaux-parents me font signe de parler. Je jette un froid dans l'assemblée en levant mon verre et en déclarant :

– Désormais, nous n'accepterons plus de dot dans notre famille ! Cela crée des situations dramatiques pour les parents qui n'ont que des filles...

Couvert par la rumeur de la foule, je n'ai pas le temps de m'expliquer. Autant je peux m'accommoder du mariage arrangé – cette tradition m'est familière –, autant je ne supporte pas que des familles soient obligées de s'endetter à vie pour assurer le mariage de leurs filles.

Cette annonce me sera longtemps reprochée, y compris dans ma propre famille. Aujourd'hui, d'autres personnes se sont ralliées à cette manière de voir mais je suis, pour l'heure, un trouble-fête !

Lorsque l'atmosphère s'apaise enfin, je fais la connaissance de mon voisin de table, Rajendra, l'un de mes beaux-frères, à la stature impressionnante. Après avoir échangé les banalités d'usage, il m'apprend avec une pointe d'humour :

– Savez-vous, cher beau-frère, que nous avons un point en commun ?

– Ah oui ? dis-je intrigué. Et lequel ?

– Nous avons eu la même idée pour lutter contre la désertification !

– Que voulez-vous dire ? demandé-je, légèrement agacé par la rapidité avec laquelle il assimile nos deux actions.

– En remettant en place les savoir-faire traditionnels ! J'ai lu avec intérêt un article relatant votre expérience à Sitapura.

Je savais par monsieur Rahman que des expériences similaires à la nôtre avaient été menées ailleurs. Mais j'étais loin de me douter alors que mon futur beau-frère y participait !

Chapitre 17

LA BANQUE MONDIALE

À compter de ce jour, Yasmina vient s'établir chez nous, comme le veut la coutume. Un petit appartement nous a été réservé dans l'une des ailes du bâtiment principal.

Jour après jour, en découvrant son caractère volontaire, ouvert et enjoué, je finis par me féliciter du choix de mes parents. Je commence à mieux comprendre les arguments de ma mère, cherchant à me mettre en garde contre ma vision trop romantique de l'amour :

– La vie n'est pas comme dans les films, Ramjee ! Même dans les mariages d'amour, aimer, cela s'apprend !

Ce doit être cela : je n'ai pas choisi Yasmina, mais j'apprends à l'aimer.

Elle s'adapte sans mal à mon rythme de travail et à la cause que je défends. Mon projet est pour elle le prolongement naturel de sa propre expérience vécue dans la région d'Alwar. Mais chaque fois qu'elle a le malheur d'y faire allusion, je ne peux m'empêcher de me raidir intérieurement.

Un soir, alors que je la rejoins dans notre chambre, je la trouve en pleurs, sur le lit. Troublé, car Yasmina m'accueille toujours avec le sourire, je la prends dans mes bras et lui demande :

– Ta famille te manque ? Maman a été dure avec toi ?

Je suis bien placé pour savoir que ma mère n'a pas un tempérament facile, habituée à tout régenter dans la maison.

– Non. Ce n'est pas cela, Ramjee, répond-elle.

– Alors, qu'est-ce que c'est ?

– C'est à cause de notre discussion d'hier.

Je fouille dans ma mémoire, incapable de me remémorer le sujet de notre conversation.

– J'ai dit quelque chose qui t'a blessée ?

Elle me fait signe que oui en hochant la tête de haut en bas. Après un moment de silence, elle m'explique :

– J'ai l'impression que tu en veux à ma famille… Que tu ne les aimes pas. Chaque fois que je te parle de mon frère, cela t'énerve.

Je prends sur moi pour digérer ces paroles le plus calmement possible. Elle voit juste. J'en veux secrètement à mon beau-frère d'agir sur le même terrain que moi. Je voudrais être le seul et cela m'agace quand Yasmina me donne des conseils inspirés de ce qu'elle a pu observer à Alwar.

– Tu as raison, Yasmina. Mais mets-toi à ma place : ce n'est pas facile de découvrir que j'ai un concurrent, et en plus dans ma propre famille.

Elle me reprend immédiatement :

– Tu ne devrais pas réfléchir en termes de concurrence, comme le font les entreprises. Avec Rajendra, vous avez créé un mouvement pour lutter contre la désertification. Ce serait ridicule de rivaliser sur ce terrain. Vous devriez au contraire vous épauler, échanger vos expériences ! Pourquoi n'irais-tu pas là-bas pour voir ? Tu pourrais y aller avec des volontaires de ton équipe. Je suis sûre que cela leur ferait du bien.

– Je vais y réfléchir, je te le promets, Yasmina.

Allongé, je repense à ce qu'elle vient de me dire. Cela produit en moi comme un appel d'air. Oui, j'ai sûrement besoin d'élargir la vision de mon action ; de ne pas la limiter à ma personne mais d'accepter d'entrer dans un courant plus vaste que moi, comme m'y a déjà poussé Ashoka.

Dès le lendemain, je saisis la première occasion pour proposer aux Rajputs et aux gajdharis de visiter les installations d'Alwar. Surpris, car je n'ai fait jusqu'ici que dénigrer mon beau-frère, je leur explique ma prise de conscience de la veille, répétant les paroles de Yasmina. Grâce à elle, le voyage s'organise sans peine et je pars accompagné d'Alam, de Ramkaran et de monsieur Gujjar, au volant de notre vieille voiture familiale.

Nous sommes étonnés par l'accueil chaleureux de Rajendra. Sans aucune arrogance, il nous fait part de ses réflexions qui vont se révéler précieuses pour l'avenir de Sitapura.

Dans la voiture, durant le trajet du retour, monsieur Gujjar, pensif, dit :

– Eh bien… Je croyais jusqu'ici qu'il suffisait de remettre à neuf les anciennes installations, quitte à les améliorer un peu. Mais vous aviez raison. Il est urgent de nous attaquer sans tarder à la construction du second réservoir pour l'irrigation des champs.

*
**

Comme Yasmina l'a pressenti, le bénéfice de notre expédition ne tarde pas à rejaillir sur la motivation des Rajputs.

Alors que nous sommes occupés à rectifier le plan qu'il a dessiné pour y inclure le second bassin, Ramkaran me confie :

– Tu sais, Ramjee, j'ai bien réfléchi ! Finalement, je vais rester au village. J'en ai parlé avec mon père et il est d'accord pour que nous gardions la ferme. Je crois que l'idée de vendre notre bétail le rendait malade !

– Tu ne peux pas savoir comme tu me fais plaisir ! Connaissant ton attachement à tes bêtes, je sais que tu aurais dépéri en ville ! Si tu restes, cela signifie que notre village n'est pas mort ! Et j'espère que ton exemple donnera envie à d'autres jeunes de t'imiter.

Je comprends que ses velléités de partir se sont dissipées en voyant que Sitapura s'inscrivait dans un mouvement de plus grande ampleur.

Pourtant, malgré la joie que me procure cette nouvelle, je suis de mauvaise humeur et débordé. Je paie cher ma semaine d'absence ! Je dois mener de front les travaux pour le nouveau bassin et le programme de replantation tandis que les villages environnants me pressent de les former !

En buvant le thé que me verse Yasmina, je lui confie :

– J'ai l'impression d'être écrasé. Je ne sais pas pourquoi, mais cette formation me stresse.

– Demande à quelqu'un d'autre de s'en occuper ! m'encourage-t-elle, inquiète de me sentir si tendu. Tu dois trouver des personnes pour te seconder, sinon tu vas t'épuiser et tout faire mal.

– Et toi ? Pas trop fatiguée ? demandé-je en posant tendrement ma main sur le ventre de ma femme. Ravie, elle m'a annoncé à mon retour de voyage qu'elle était enceinte. Depuis, je ne cesse de m'inquiéter et de vouloir la protéger.

– Mais non, ce n'est pas une maladie, tu sais ! J'ai même donné un coup de main à la plantation des arbres.

Elle vient s'asseoir à côté de moi. Prise d'une inspiration soudaine, elle s'exclame :

– Je crois avoir trouvé la personne qu'il te faut pour former les jeunes des autres villages.

– Ah oui ? demandé-je, amusé de découvrir à qui elle pense.

– À toi de deviner ! Je t'aide un peu : c'est une fille.

– Tiens, et pourquoi une fille ?

– Les filles sont sensibilisées aux problèmes de l'eau. Elles seront plus ouvertes que les garçons. Ici, les garçons te connaissent. Pas là-bas. Et pour parler aux filles… il vaut mieux une fille !

– Alors, tu me dis qui est-ce ?

– Asmita !

À ce nom, je sursaute. Impatiente, Yasmina quête ma réaction :

– Eh bien, qu'en dis-tu ?

Je me ressaisis de mon mieux et répond sur un ton aussi naturel que possible :

– Asmita ! Mais oui... J'aurais dû y penser. Elle sera très bien pour motiver d'autres filles.

– Je l'ai vue travailler et c'est exactement ce que je me dis ! conclut Yasmina, enchantée que j'approuve son choix.

*
**

Fort de ce conseil inattendu, je vais proposer le poste à Asmita.

Je la trouve occupée à repiquer des pousses d'arbres dans une petite pépinière que nous avons créée près du palais. J'admire ses gestes gracieux. Rapidement, je lui fais part de mon projet. Étonné, je constate que je peux enfin lui parler, sans cette émotion qui me mettait toujours mal à l'aise.

Visiblement, je ne pouvais lui faire plus plaisir ! Mais son visage s'assombrit aussi vite qu'il s'est illuminé :

– Non, Ramjee, ce n'est pas possible. Mes parents trouvent déjà que je consacre trop de temps à l'entretien des canaux et des bassins. Ils veulent aussi me marier. Ils disent que jamais personne n'épousera une fille qui a pris l'habitude de passer du temps à l'extérieur du foyer. Tu sais toute la peine que j'ai eue à les convaincre de me laisser poursuivre l'école jusqu'au bout ! Je connais par avance leur réponse.

Après un soupir, elle ajoute :

– Je regrette beaucoup !

Je cherche dans ma tête une solution de remplacement. Invariablement, je refais le même constat : il y a bien des filles intelligentes dans notre équipe, mais aucune n'a le pouvoir d'entraînement et de persuasion d'Asmita !

J'en parle à l'expert en formation d'Ashoka. Il convient avec moi que ce poste est primordial pour la pérennité et le développement du projet.

– Vous avez raison de chercher quelqu'un d'ici. Laissez-moi réfléchir, dit-il. J'aurai peut-être une idée.

Quelques jours plus tard, il me contacte, enthousiaste :

– Vous avez de la chance ! J'ai une piste ! Je sais par des sources sûres que la Banque mondiale a décidé d'investir dans des projets de formation des populations locales. Le mot d'ordre est désormais de laisser la place aux autochtones. Si vous pouvez rémunérer la formatrice à laquelle vous songez, cela changera peut-être la donne ? Vous pouvez poser votre candidature.

Aidé par l'équipe Ashoka, je remplis plusieurs formulaires pour demander le financement d'un poste de formateur. Mon espoir est très mince. Je sais que la Banque mondiale a soutenu des projets de construction de barrages pour résoudre les problèmes d'eau dans la région.

Je vois mal comment mon approche peut s'accorder avec une politique si différente.

– Tu as reçu un courrier de la Banque mondiale ! s'écrie Yasmina un beau matin, en brandissant l'enveloppe et en courant vers mon bureau.

– Montre ! dis-je fébrilement en lui arrachant presque l'enveloppe des mains.

Une nouvelle fois, je maudis mon mauvais niveau d'anglais, m'embrouillant dans les formules officielles. J'appelle Jabvir à la rescousse, lui lisant le texte en ânonnant dans le combiné du téléphone. Après un vrai travail de décodage, il conclut, soulagé :

– C'est bon, Ramjee ! Un expert va venir. C'est lui qui donnera l'avis définitif. À toi de jouer maintenant ! Si tu veux, je peux m'arranger pour être là !

Je ne me fais pas prier…

*
**

Cette fois, l'expert est bien tel que je l'ai imaginé : la cinquantaine, vêtu d'un costume beige, le cou serré dans une cravate à pois bleu et blanc, chaussé de lunettes Ray-Ban et tenant son attaché-case à la main. Il a l'allure désabusée et froide de ces hommes de bureau qui craignent de se salir en allant sur le terrain.

Malgré cette mauvaise impression, je mets tout mon pouvoir de séduction et de conviction pour lui vendre le financement d'un poste de formateur.

– Sans ce soutien, je n'ai pas les moyens d'élargir notre champ d'action. Si nous voulons vraiment être efficaces dans la région sur la gestion de l'eau, il faut absolument démultiplier nos efforts.

L'entretien est bref comparé à la longue évaluation réalisée par Ashoka. L'expert, en me saluant, me glisse ironiquement :

– Vous pouvez être tranquille, monsieur Lal. La somme que vous demandez est si dérisoire dans notre budget que cela ne nous coûtera pas grand-chose de vous aider. Mais je ne vous cache pas que j'ai du mal à croire que ces remblais de terre et ces cuvettes sont la solution à la désertification.

Je réprime mon envie de riposter à l'injure. Comme si les éléments abondaient dans mon sens, le 4 x 4, après avoir démarré en trombe, pile net dans un grand crissement de pneus : une crevaison ! Goguenards, nous assistons au démontage de la roue, proposant notre aide. Le chauffeur retire une énorme épine de la chambre à air !

Quand le véhicule s'est enfin éloigné, je décharge ma mauvaise humeur sur Jabvir :

– Je parie qu'il aurait fallu présenter un budget avec construction d'un centre de formation, bureaux climatisés et des tas de postes inutiles pour séduire ces messieurs de la Banque mondiale !

– Tu n'as peut-être pas tort ! En attendant, tu l'as, ton poste ! Ce n'est déjà pas si mal !

J'oublie mon ressentiment et me dépêche d'aller trouver Asmita. Sa mère m'accueille sans joie lorsque je demande à lui parler. Asmita n'a sûrement pas exagéré sa situation familiale. À contrecœur, elle me fait entrer et monter sur la terrasse.

– Tu n'aurais pas dû venir à la maison ! me reproche vivement Asmita.

– Pardon, mais j'ai une nouvelle importante à te communiquer : cela changerait-il les choses si tu recevais une rémunération pour le poste que je t'ai proposé ?

Les parents d'Asmita sont très pauvres. Et, comble de malheur, ils n'ont que des filles, synonymes de mariages ruineux ! J'ai bon espoir que ma proposition puisse les faire fléchir.

– Mais d'où viendrait l'argent ? demande immédiatement Asmita, avec son bon sens pratique.

– De la Banque mondiale. Leur nouvelle politique consiste à financer des programmes de formation. Nous tombons à pic. Alors, qu'en dis-tu ?

Une petite lueur s'est rallumée dans les yeux de la jeune fille.

– Le mieux serait que tu en parles toi-même à mes parents. Moi, je n'ose plus.

– D'accord ! Dis-leur que je souhaite leur parler !

Asmita se retire et fait monter ses parents avant de disparaître aussitôt. Je me retrouve seul face à eux. Je peux lire dans leurs yeux la méfiance mêlée de crainte des gens qui ont trop peu pour se sentir sûrs d'eux.

– N'ayez aucune crainte ! commencé-je pour les tranquilliser. J'admire la manière dont vous avez élevé vos filles en leur permettant d'aller au bout de leur scolarité, comme Asmita. Peu de parents osent faire ce choix !

– Nous espérons que cela ne se retournera pas contre nous ! rétorque la mère froidement.

Il est vrai que les filles éduquées ont mauvaise réputation chez nous. Les familles craignent que la fille ne dépasse alors son mari en intelligence et que cela ne nuise à l'harmonie du couple.

– Je vous remercie également d'avoir permis à Asmita de participer aussi activement à mon projet pour l'eau. Je ne sais pas où j'en serais aujourd'hui sans son soutien !

Le père et la mère restent silencieux, se demandant visiblement où je veux en venir.

– J'ai une offre à vous faire. Pour développer le projet, nous avons besoin de recruter une formatrice. J'ai pensé à votre fille. Elle en a toutes les compétences...

La mère veut m'interrompre.

– Laissez-moi juste finir, je vous en prie ! dis-je rapidement. Elle aura droit cette fois à un vrai salaire payé par la Banque mondiale.

Mes deux interlocuteurs se dévisagent, abasourdis, quêtant dans le regard de l'autre une réponse.

Je reprends :

– Vous n'avez pas à me répondre tout de suite ! Mais je crois que c'est une belle opportunité pour votre fille. Sinon, à quoi cela aurait-il servi de la laisser poursuivre l'école ?

Tout doucement, je prends congé. Le père me retient par le bras au moment où je franchis le seuil de la porte.

– Merci d'avoir pensé à elle !

Sur le chemin du retour, j'examine mes chances d'aboutir. Ce ne sera pas forcément facile pour eux de marier une femme qui travaille, mais du moins auront-ils les moyens de payer la dot !

Le lendemain, Asmita frappe à la porte de mon bureau, rayonnante :

– Ils ont dit oui, Ramjee ! Ils veulent bien ! C'est le plus beau jour de ma vie ! Dis-moi un peu plus en détail ce que je devrai faire ?

Chapitre 18

ÉPILOGUE

Quelques années plus tard, Asmita dirige deux centres de formation. Financés par la Banque mondiale, avec cinquante permanents à temps plein, ils permettent à deux cents villages de se former aux techniques redécouvertes et mises au point à Sitapura ! L'un des fonctionnaires de l'institution, un Néerlandais tombé sous le charme de la belle Indienne, l'a demandée en mariage. Pour ne pas froisser ses futurs beaux-parents, il a fini par accepter la dot, renonçant à leur expliquer qu'aux Pays-Bas cette coutume a disparu depuis bien longtemps !

Mais ce soir, nous fêtons un grand événement : ma sœur Jeero vient d'être élue maire de Sitapura, fait suffisamment rare en Inde pour être célébré ! Les maternités successives lui ont donné des formes rassurantes et elle déambule de maison en maison, recevant des cadeaux des uns et des autres. Couverte de colliers de fleurs, elle rayonne de joie.

J'ai craint un moment qu'elle ne m'en veuille d'avoir refusé la tradition de la dot. Ma mère a longtemps désespéré de lui trouver un parti convenable à la suite de mon refus.

– C'est de ta faute si ta sœur ne se marie pas ! m'accusait-elle régulièrement. Si tu ne changes pas ta position, tu seras responsable de son malheur.

Tenace, je refusais de céder :

– Maman, si nous ne tenons pas bon, jamais nous ne pourrons faire évoluer les mentalités.

Les années passant, mes parents ont fini par laisser Ramkaran épouser Jeero.

Mais quand elle arrive au palais, où un banquet a été dressé dans la cour d'honneur, elle accourt vers moi, me serrant longuement dans ses bras.

– Merci, Ramjee. Sans toi, je ne serais jamais devenue maire !

– Hum ! lui réponds-je, gêné, n'ayant jamais beaucoup aimé les effusions. Je savais bien que tu nous étonnerais un jour ! Déjà petite fille, tu avais un sacré tempérament ! Et je ne suis pas du tout surpris que les habitants t'aient choisie.

Ma mère interrompt notre conciliabule, faussement fâchée :

– Allez, allez ! Ne faites pas bande à part tous les deux ! Jeero, la famille te réclame pour un discours.

– Jeero ! Jeero ! scandent les convives, impatients.

Avec assurance, ma petite sœur, poussée par ma mère radieuse, me réhabilite devant tous les invités :

– Je tiens à remercier mon frère Ramjee pour son entêtement ! Si, si ! insiste-t-elle, en riant. Si je m'étais mariée très jeune, je n'aurais pas pu faire d'études supérieures ni créer l'association des femmes de Sitapura ! C'est mon frère aîné qui m'a donné le goût de servir la communauté et m'a montré l'exemple ! Je n'oublie pas non plus mon mari, dit-elle en fixant Ramkaran, qui m'a laissée consacrer tant de temps à l'extérieur du foyer. Enfin, merci à mes parents qui, malgré leur attachement à la tradition, ont su nous accompagner dans nos choix.

Après avoir festoyé en bas, je gravis les escaliers qui permettent d'accéder à la terrasse supérieure du palais, d'où l'on domine tous les environs. Accoudé au parapet, je contemple la végétation luxuriante, les champs soigneusement répartis entre cultures fourragères et vivrières.

Le village est aujourd'hui autosuffisant. Notre modèle est totalement respectueux de l'environnement : nous n'utilisons aucun produit chimique afin d'éviter la pollution de la nappe phréatique. Je le dois en partie à mon père, passionné d'agriculture, qui m'a livré tous ses secrets pour protéger la terre et les récoltes. Et grâce aux familles qui plantent régulièrement de nouveaux arbres et entretiennent les bassins, Sitapura est devenu méconnaissable !

Nous pouvons être fiers du travail accompli ! Un journaliste a calculé qu'avec l'action de mon beau-frère, plus d'un million de personnes, dans le Rajasthan, ont échappé à l'exode rural. Par le réseau d'Ashoka, cette solution fait écho dans d'autres parties du monde, où les précipitations sont capricieuses, trop brutales ou insuffisantes.

Dans la poussière dorée du soleil couchant, des bergers suivent l'immense flot de leurs troupeaux en transhumance. On dirait une marée laineuse qui ondule à perte de vue vers la ligne d'horizon. Le Rajasthan sans ses troupeaux ne serait plus le Rajasthan !

– Ils doivent venir du nord, dis-je tout haut à l'attention de Jabvir qui est venu me rejoindre.

– Oui. Il paraît qu'il n'y a plus d'herbe… Je n'en reviens pas que nous ayons ainsi résisté à cinq années de sécheresse !

L'air tiède nous enveloppe. Comme j'apprécie la présence de mon frère à mes côtés ! Cependant, depuis quelques jours, Yasmina a jeté le doute dans mon esprit.

– Es-tu sûr que Jabvir est heureux ? Qu'il ne regrette rien ? m'a-t-elle soufflé alors que nous parlions de mes équipes.

– Pourquoi ? ai-je demandé, très surpris. Tu sais bien que nous sommes unis comme les doigts de la main.

– Justement ! a-t-elle expliqué doucement. Il est toujours dans ton ombre. Pourtant, c'est lui qui a fait les études les plus poussées. Il pourrait à juste titre avoir envie d'obtenir la première place.

Cette pensée me poursuit. J'admire profondément la sagesse de ma femme, son attention aux autres. Depuis que nous sommes mariés, je me sens beaucoup moins seul dans mes choix et j'éprouve un vrai réconfort à partager avec elle mes préoccupations.

– Jabvir, dis-je lentement. Tu ne regrettes pas parfois d'avoir refusé le poste qu'on t'offrait à la Banque mondiale ?

– Pourquoi me demandes-tu cela ? répond-il, étonné.

– Je ne sais pas… Le salaire. C'était un bon salaire. Je veux dire… rien à voir avec ce que tu gagnes maintenant.

– Et tu crois que c'est ce qui me motive ?

Je me défends :

– Non. Bien sûr ! Mais avec une famille…

– Écoute, Ramjee : si j'avais eu envie de bureaux luxueux et climatisés, d'un beau 4 x 4 et de reconnaissance, c'est ce que j'aurais fait. Mais je suis incapable de travailler comme cela. Une barrière se crée immédiatement avec les gens ! Ce que j'aime, c'est être avec eux sur le terrain. C'est là que je trouve les motivations de mon travail. Il y a encore tant à faire pour leur permettre de vivre plus décemment dans le monde moderne !

– Et dis-moi franchement : est-ce que tu trouves que je prends trop de place ?

– C'est l'heure de vérité à ce que je vois ! plaisante Jabvir. Monsieur Ramjee aurait-il des états d'âme ?

– Je suis sérieux, Jabvir ! C'est vrai que c'est toi qui as fait des études et que tu pourrais avoir envie de diriger notre entreprise. J'ai besoin que nous puissions en parler.

Voyant mon sérieux, Jabvir se reprend et répond en pesant ses mots :

– Ma place est ici, auprès de toi. Je suis heureux que nous nous complétions. Je ne rêve de rien d'autre ! Tu sais, il y a des tempéraments qui savent entraîner les autres, les pousser à agir. Tu es de ceux-là. Je ne vais pas briguer ta place. J'ai mieux à faire ! Tu as besoin de personnes compétentes, prêtes à te suivre pour concrétiser tes idées. Il faut de tout pour faire un monde, des Ramjee et des Jabvir ! conclut-il, philosophe.

Rassuré, je songe avec gratitude à ces centaines de volontaires qui ont accepté de m'aider, qui m'ont accompagné fidèlement tout au long de ces années.

Le « bon ordre » du monde avait été violé, entraînant derrière lui la disette, la famine et la mort. Tous ensemble, nous avons réussi à restaurer cet équilibre primordial, le dharma !

SOURCES

Le personnage de Ramjee Lal est directement inspiré de l'histoire vraie de Laxman Singh, originaire de Laporya, au Rajasthan. L'auteur, au cours d'un tour du monde avec son mari et ses cinq enfants, a passé plusieurs jours avec Laxman. Cette rencontre a été relatée dans le livre *Passeurs d'Espoir*, Presses de la Renaissance, Paris, 2006, tome 2, p. 61 sq, et filmée dans la série de documentaires « Passeurs d'Espoir » diffusée sur France 5.

Le portrait de Laxman Singh se trouve également dans *Ils changent le monde*, éditions Fleurus, Paris, 2010, p. 302 sq.

Pour plus d'informations, vous pouvez également vous rendre sur le site d'Ashoka (http://www.ashoka.org) ou celui de Changemarkers (http://www.changemakers.net).

LEXIQUE

Bollywood : capitale du cinéma indien, qui se trouve à Mumbai.

Brahmane : voir Caste.

Caraco : corsage cintré à la taille.

Caste (ou varna) : chaque Indien appartient à la caste de ses parents. Il doit mener une vie vertueuse et accomplir le dharma (devoir) correspondant à son groupe s'il veut augmenter ses chances de renaître dans une plus haute caste et avoir une vie meilleure. En retour, chacun peut disposer de l'aide de sa caste.

Le système des castes, comme les titres de noblesse, sont censés avoir disparu en Inde. Néanmoins, les Indiens continuent à considérer les personnes en fonction de leur naissance, le jâti. Un texte sacré très ancien explique ainsi leurs origines : le monde représenté par un homme fut offert aux dieux et démembré.

« Sa bouche devint le brahmane,
Le guerrier fut le produit de ses bras,
Ses cuisses furent l'artisan,
De ses pieds naquit le serviteur. »

La société se trouve donc divisée en quatre : en haut de la hiérarchie sont rangés les prêtres, appelés brahmanes, puis les soldats et administrateurs, enfin les paysans et les fermiers. Exclus du système, restent les intouchables, les sans-castes : c'est à eux que sont dévolues les tâches les plus subalternes comme celles de terrassiers.

Chapati : pain indien sans levain.

Dhal : plat de lentilles et de riz.

Dharma : croyance fondamentale pour les Indiens selon laquelle il existe « un bon ordre de l'Univers » dont l'homme fait partie. Toute transgression de cet ordre se répercute sur l'harmonie du cosmos.

Dhoti : vêtement de coton blanc, sorte de pagne ample qu'on relève entre les jambes.

Diwali : Fête de la lumière.

Gandhi (1869-1948) : chef national et religieux indien, nommé **le Mahatma**. Avocat, il défend les Indiens d'Afrique du Sud, victimes du racisme. C'est là qu'il élabore sa doctrine de l'action non violente. De retour en Inde, il met en application cette pratique contre les Britanniques qui ont colonisé le pays. Il est emprisonné à plusieurs reprises. En 1947, l'Inde devient indépendante. En 1948, Gandhi est assassiné par un extrémiste hindou, alors qu'il tentait inlassablement de calmer les violences entre hindous et musulmans.

Monnet Jean (1888-1979) : homme politique et économique français. Il est l'un des principaux artisans de la construction européenne.

Mousson : saison des pluies qui s'étend approximativement de juin à septembre. 90 % des pluies sur les cinq sixièmes du territoire de l'Inde sont apportées par la mousson ! Dans un pays encore essentiellement rural (75 % de la population vit dans des villages), cette saison est primordiale.

Nightingale Florence (1820-1910) : infirmière née en Italie, d'origine britannique, elle est une pionnière des soins infirmiers.

Padyatra : marche de protestation. En 1930, Gandhi entreprend une marche pour lancer le mouvement de désobéissance civile par lequel les Indiens refusent de payer l'impôt sur le sel réclamé par les Britanniques.

Panchayat : Gouvernements locaux élus par les habitants du village.

Pied (*foot*) : approximativement la taille d'un pied, soit 30,48 cm.

Pisé : terre argileuse servant à la construction.

Pouce (*inch*) : approximativement la taille d'un pouce, soit 2,54 cm.

Rajput : Fils de prince.

Rangoli : dessin à la craie sur le sol.

Sarkar : titre donné au raja en signe de respect.

Sarpanch : l'équivalent du maire du village.

Shiva : dieu hindou, à la fois créateur et destructeur, qui contrôle le cycle du cosmos.

Sudra : servante.

Zone aride : les régions manquant d'eau sont classées en zone hyperarides, arides, semi-arides et subhumides. Au Rajasthan, on distingue trois degrés de sécheresse : le « kal » qui empêche la culture des céréales, le « dukal » où la végétation disparaît et le « trikal », où l'eau se tarit dans les puits.

DOSSIER PÉDAGOGIQUE

LA DÉSERTIFICATION

I/POURQUOI Y A-T-IL DES DÉSERTS ?

Un désert se forme là où la pluie ne peut tomber. Les zones sans nuages sont des déserts : désert du Sahara, d'Arabie, du Kalahari. On peut en tirer la conclusion que sans nuages, il n'y a pas de pluie.

1-Comment se forment les nuages ?

Même si on ne le voit pas, l'air est chargé de vapeur d'eau. Plus l'air est chaud, plus la quantité de vapeur d'eau est importante. Les nuages se forment quand cette quantité de vapeur d'eau est suffisante pour se condenser en gouttelettes qui grossissent et tombent en pluie.

II/LES TYPES DE DÉSERTS

Il existe quatre sortes de déserts dans le monde : les déserts zonaux, les déserts côtiers, les déserts d'éloignement, les déserts d'abri.

1-Les déserts zonaux

En regardant un planisphère, on remarque deux larges bandes désertiques de chaque côté de l'équateur au niveau des tropiques du Cancer (au nord) et du Capricorne (au sud). Ce n'est pas un hasard.

Au niveau de l'équateur, l'air chaud monte, et en montant, se refroidit. La vapeur d'eau se condense et il pleut beaucoup. En altitude, l'air, déchargé de cette humidité devient sec et froid. Il se divise en deux parties : l'une se dirige vers l'hémisphère nord, l'autre vers l'hémisphère sud. Quand cet air sec et froid arrive au niveau des tropiques, il se réchauffe et absorbe toute l'humidité présente, créant des zones désertiques : déserts du Mexique, du Sahara, d'Arabie, de Sind, au nord ; déserts du Kalahari et d'Australie au sud.

2-Les déserts côtiers

Des courants marins glacés longent les côtes occidentales des continents. Ils refroidissent l'air qui ne peut absorber que peu d'humidité : c'est le désert de Namibie en Afrique, le long de la côte atlantique et le désert d'Atacama en Amérique du sud, sur la côte pacifique.

3-Les déserts d'éloignement

Lorsque les masses d'air venues de la mer traversent de vastes continents, elles perdent progressivement leur humidité, créant les déserts froids d'Asie et chauds d'Australie.

4-Les déserts d'abri

Si un vent humide, chargé de nuages, rencontre une montagne, il monte et se refroidit. La vapeur d'eau se condense et il pleut sur le versant de la montagne exposé au vent. De l'autre côté, l'air restera sec et froid. C'est le cas du désert de Taklamakân, en Chine, à l'abri de l'Himalaya.

III/QUELLE DIFFERENCE ENTRE LES MOTS « DÉSERT » ET « DÉSERTIFICATION » ?

Le désert est lié à des phénomènes naturels, principalement climatiques, comme nous venons de le voir.

La « désertification » est l'extension du désert à des zones qui ne devraient pas l'être, à cause notamment des variations climatiques (périodes de sécheresse) et de l'activité humaine (déboisement, surpâturage...).

Ce terme a été défini pour la première fois en 1992, à Rio, lors de la Convention des Nations Unies sur l'environnement et le développement. Il s'agit d'un problème mondial puisque tous les continents sont concernés, y compris l'Amérique du Nord et l'Europe. Les zones en voie de désertification sont habitées par environ un milliard d'êtres humains, à la fois responsables et victimes de la dégradation de leurs terres.

Plusieurs éléments expliquent l'épuisement des sols : l'agriculture en période de sécheresse, la coupe du bois pour le chauffage ou l'éclairage alors que les arbres maintiennent la terre sur le sol, le surpâturage. Les sols dénudés deviennent alors plus sensibles à l'érosion : la pluie emporte la terre et les régions deviennent inondables lors des crues. Les cours d'eau, les bassins s'envasent. La qualité de l'eau se détériore. C'est tout un équilibre naturel qui est rompu : les récoltes sont moins bonnes, le bétail ne trouve plus sa nourriture, les populations ne gagnent plus assez d'argent et, poussées par la faim et la pauvreté, elles sont parfois obligées de quitter leurs terres.

IV/COMMENT LUTTER CONTRE LA DÉSERTIFICATION ?

Quand l'activité de l'homme est responsable de la désertification, les moyens de lutte existent. Pour être efficaces, il faut que ces efforts se conjuguent au niveau local, national et international.

Tout autour de la terre, de nouveaux comportements permettent localement de produire plus, tout en évitant la désertification. L'histoire vraie de Ramjee Lal dans ce roman en est un exemple mais il y en a bien d'autres. Au Sahel, les habitants utilisent des barrières végétales pour protéger les champs du vent. Ils installent aussi des ralentisseurs en pierre, appelés « diguettes », pour réduire la vitesse du ruissellement de l'eau de pluie. Pour limiter leur consommation en bois, les femmes utilisent la technique du foyer amélioré qui permet d'économiser 20 % du bois de chauffage. Pour que ces solutions fonctionnent, il faut prendre en compte les mentalités des personnes concernées et qu'elles soient impliquées du début jusqu'à la fin de l'entreprise. C'est encore ce qui explique le succès de l'action de notre héros au Rajasthan.

Les représentants locaux, l'administration, les scientifiques, les services techniques de l'état permettent d'envisager le problème à plus grande échelle, d'analyser les évolutions de la désertification et de concevoir un ensemble d'actions adaptées. Ils complètent et encouragent les actions locales. Plusieurs réseaux ont été créés pour faire connaître les « bonnes pratiques » : Roselt (Réseau d'Observatoires de Surveillance Ecologique à Long Terme), European DesertNet.

Seulement, ces actions nécessitent de l'argent. Les agriculteurs ou éleveurs locaux sont trop pauvres. Les pays touchés par la désertification ont souvent d'autres urgences (santé, éducation, construction de routes...). Des organismes internationaux comme l'Aide Publique au Développement, la Banque Mondiale peuvent aider au financement de ces programmes de lutte contre la désertification.

Achevé d'imprimer par SAGIM en septembre 2010
sur rotative Variquik à Courtry (Seine et Marne)

N° d'impression : 12074
Dépôt légal : septembre 2010

Imprimé en France

L'imprimerie Sagim est titulaire de la marque
Imprim'vert® depuis 2004